# 靖国で会う、ということ

曾野綾子

JN145444

靖国で会う、ということ † 目次

まえがき　9

# 第一章　日本のリーダーの見識に思う

## 第二章　靖国で会う、ということ

# 第三章　国を捨てる、ということ

## 第四章　私たちの祖国、日本

# まえがき

いつ頃から、そうなってしまったのかわからないが、私は感動して泣くということがなくなってしまった。

感動というものがないわけではない。感動がなくて、人は「ものを書く」気になどならない。しかし私は、泣けるような感動は、大したものではない、と考えるようになっていた。

私はいつでも一人で、さまざまな思いにうちのめされている。しかしその思いは、ほとんどの場合、一人で受け止めていて、誰かに見られることはなかった。

ある早春の夜、六時十分過ぎ頃だった。

私は海の傍の家にいた。西に向かって開いたガラス戸を開けると、空に驚くほど強く輝いた星がいた。ちょうどその日、その家には、昔船に乗っていた人がいた。

私はその人に向かって尋ねた。

「すみません。あの西の空で光っている星は何というのですか。初め飛行機かと思いましたが……」

「あれは金星です。宵の明星といわれる星です」

そんなことも知らないのか、とその人は言わなかった。そしてもし言われたら、私は楽しく「そんなことも知らなかったんです。生まれた時から、強度の近視だったので、星というのは、オリオンの三つ星と北斗七星がやっと見えただけでした」と答えるつもりでいたのだ。

私の弱視と言いたいほどの視力は、五十歳を目前にして年齢的には早すぎる白内障の手術をうけた時に、かつてなかったほど見えるようになった。普通は水晶体を摘出してしまうので、視力は眼内レンズを入れて調節する。しかし私の先天的にいびつな眼の構造は、いかなるレンズの助けもなしに、偶然にも裸眼で、網膜上に外界が映る像を結ぶようになった。子供でも知っている金星をはっきりと認識できるようになるまで、私は八十五年以上の年月を費やしたのである。

しかし私の人生は、他者と自分との内なる魂の高揚をとらえるという点では、決して八十五年もの時間をむだにしてはいなかった。

私は視力はなかったが、耳はよかったし、音声として町の物音でも人の言葉でもよく聞いていた。金星は一言も発しなかったから、八十五年以上、私の世界に入ってこなかったのである。しかし今や、私は金星も私の心に招じ入れた。それをぽつぽつと語っているのが、ここに集められたエッセイの片々である。

曾野綾子

二〇一七年初夏

# 第一章　日本のリーダーの見識に思う

## 日本のリーダーの見識に思う
### ――トップは自ら日本語の達者な使い手であれ

私たちは、ここ数年ずっと強力なリーダーシップを持つ政治家を求め続けてきた。図太い背骨を持ったリーダーというものに久しくめぐり合わなかったからである。政治家がやたらに「させて頂く」という言葉を乱発し、「慎重な討議を重ねて、皆様のご理解を頂く」という空気が定着してからは、リーダーになる人に強力な指導力を求めるのは不可能になってきている、という感じだった。

しかし現在の政治というものの姿を見ていると、それは民主的姿を取りながら、しばしば機能としては民主的とも言えない。またほんとうに民主的になったら、いわゆる政治力というものは今よりもっと弱体になるだろう。私などどうしていいかわからないから、できるだけ政治的な問題は考えないことにしているのである。

漠然とした期待としては、民主的社会体制でも、人々がほしがっているのは強力な目的意識に支えられた指導力である。現実にそうでなければ、国をやっていけない。国の運営というものは、理念ではなく現実が力を持つのだ。

数年前、私はアフリカでも最貧国の一つと言われ、かつ平均寿命も五十歳代に留まっていたマラウイに行って、そこで何十年とホテルや観光業のために働いてきた一人のイタリア人の老土木屋に会った。

この国にある大きなマラウイ湖は、かつて十九世紀半ばにリビングストンも目にした光景に違いない。真水の少ないアフリカ大陸にあっては、膨大な量の真水を周辺の土地に供給するという一つの奇跡のような役目を果たしながら、無数の夢や希望や哀しみを同時にささやいているようなさざ波を光らせていて私の心を打った。

この土木屋は若き日にこの湖畔でこの国育ちの同じイタリア人の美少女に会い、この国に自分の生涯を捧げる決心をしたという。

「この国には、良い独裁者が要るんです」

と彼は私に言った。良い《グッド》という形容詞と、独裁者《ディクテーター》という言葉とは、日本人の中では普通結びつかない概念であった。しかし彼は湖畔でホテルやゴルフ場を経営しながら、数百人の雇用を可能にする地場産業を作り出しており、彼のカトリックの妻は、私たちが現地の病人のために使う抗生物質を日本から運ぶことを要請していた。アフリカで長い年月を暮らした日本人のシスターは「ほんとうにアフリカでは、抗生物質がないと死んでしまいますからね」と一つの明らかな既成事実としてあっさりと言うのである。日本では、必要な時に、病人が抗生物質を与えられないというケースは、通常ほとんど考えられない。

汚職がどこにでもはびこっているアフリカ諸国では、確かに「良い独裁者」的な指導者があり得るのかもしれない。しかし日本ではどうなのだろう、と私は考えこんだ。私は幼い時から、たった一人で仕事をする作家という職業に就くことを望んだ。ただ、私は八十年余の生涯の中で、思いがけなく六十代の半ばから七十代の半ばまでの約十年間だけ、日本財団という組織の会長を務めたために、世間のリーダーとはいかなるものであるべきかを考える機会を与えられ、周囲の人々からも教えられた。

## リーダーに必要な「複眼の思想」

リーダーの基本をゆるがせにしないためのごく初歩的で最終的な規範は、公私の別をはっきりさせることから始めてもいいような気がする。金銭的に、或いは自分が使える特権などの範囲を、公私で明確に区別する潔癖感は要る。会社からの迎えの車に、デパートへ買い物に行く女房をついでだからと言って同乗させても、現実的には会社に直接的な損害を与えることはない。しかしそうした些細なことから、公私の垣が崩れ、社内にしめしのつかない空気が生まれるだろう。

少なくとも、組織におけるリーダーの行動は大きな意味を持つ。そして現実には大して意味もないような小さな一角から容易に崩れる。会社は大きな組織だが、一度崩れだすと、止めることができない。アースフィルタイプと呼ばれる巨大な容量の土砂を積むダムの堤体のほんの一カ所にある時小さな濡れた個所が現れた。小さな水漏れの兆候である。それが数分のうちに広がり、ティートンというダム自体が決壊した例は、象徴的にその推移を表している。

しかし同時に――そこがむずかしいところだが――リーダーは大局を摑んで、微々たる問題に右往左往しない腰の据わり方も要る。

すべてのことはそうなのだ。問題を解決する要素の半分は、問題の種を取り除くことでもあるが、時間の推移を計ってそれをうまくやり過ごすことでもある。その間に、本質の部分の腐敗が進む場合も、自然治癒をする場合もある。半分は賭けだ。賭けというのは、人間が思い上がらないからくりを、ごく卑近に教えたものだ。

昔から私はリーダーにも友人にも「複眼の思想の持ち主」を求めたところがある。トンボの眼玉の複眼だ。実際のトンボの眼の機能を私はよくは知らないのだが、人間とは対照的なものの見方を可能にすることを、私は複眼の思想と呼んできた。大きく広範囲に物事の様相を捕らえることができ、しかもその把握の仕方を違った角度から見ることを恐れない多様性である。しかし現実には、人間は自然に自分にとって楽なような視角から、ものごとを見たがる。

いつも言うことだが、世間の人々が、しばしば「安心できる」とか「安心して」とかいう表現を使いたがる時が、人間にとって実は心理の危機だ。なぜなら、いかなる事象にも「安心していられる」瞬間は、本来、現世には一瞬たりともないはずだからである。

私はわずか百人足らずの組織を見ていけばよかったので、こんな楽なことはなかったのだが、そこで職員に期待したことがいくつかはあった。

一つは、眼の前に起きていることや、現れた人に対して、礼儀正しさを保ちながら、疑いの眼を持つことであった。疑うこと自体が無礼だと言う人もいる。しかし私は四十歳の時から始める羽目になった途上国援助の仕事を通して、お金を正しく使うためには、事業の本質から末端の広報のあり方まで、徹底して疑うことから信頼にいたるのだということを教えられた。金銭だけではない。相手が言っていること、たとえば「こういうことに対してはうち（本社）ではこういうふうにすることになっております」というような前例主義の返事などを聞かされた時には、反射的にその事実を疑うことと、それに従う必要はないのではないかと疑うことを期待したのである。

疑うことがすなわち無礼だという考えを私は取らなかった。私は軍事も兵法もよくわからないが、おそらく戦争も、投資も、建設も、調査事業も、人道支援も、防災も、相手を疑う部分が欠如していたなら、必ず失敗する。自然災害というものは、すべて想定外の部分を含み、完全に防ぎ切れるものではないのだが、それでも現状の保安設備に対して疑念を持つことだけが災害の規模を最小に抑えられる可能性を持つものだろう。それに指導者は、疑い深いイヤな性格だと思われても、仕事自体がうまく進めば、それでいいのだ。リーダーは、常に使い捨てられるポジションを自らに承認するだけの器量が要る。

私の作家の眼から見ると、事業はまるで人間のような存在であった。老人の中には、自分は何十年と病気一つしたことがない、という人も時にはいる。しかし多くの中年以後は、もう何年も生きてきたのだから、自然に肉体的な不都合も生じているのである。

組織も同じだ。弱いところのない組織はない。私たちはよく家庭で、愛着があるからというだけで欠け茶碗などを使っている。もちろん客の前には出さない。しかし自分で日常使うものなら、ひびが入っていても掌に載せた時の感覚に馴染んでいる方が大切だ。その場合使うこつはある。傷物なのだから、あまりごしごしこすったり、荒っぽく扱わず柔らかにさわるのだ。

## ゆるやかな変革を目指す

私から見ると組織も欠け茶碗と同じであった。組織を構成するのは、一人一人の職員だ。その各人が問題を抱えている。病気の老父、住居の老朽化、息子の難病、娘の異常性格。組織とは言っても、それを構成するのは生身の人間なのだから、手荒く扱うと、今まで保《も》っていた茶碗でもすぐ壊れる。

だからリーダーは気長でなければいけないだろう。正義に走るのも策の愚なることだろう。いささかの悪も不備も知りつつ、ゆるやかな変革を目指し続けるという思慮は要る。すぐ病根を取り除いてしまいたい衝動にかられても、組織としては時間的に伸縮性のある変革を目指さねばならないだろう。組織とはいうが、それはそこで働く人間そのものなのだから、そこで働く人をつぶさないことが大切なのである。しかし同時にそれは、どんなに順調な時にあっても、常に最悪の事態を予測して備える姿勢を持つことでしか対応できない。

リーダーには、多少いい加減な性格、容易に舵の微調整が効く才能がなければならないだろう。登山路というものは、エベレスト登頂を目指すような大がかりなものでない限り必ずいくつかの選択があるものだ。山上の神社やお寺などに到達する道にも、普通男坂と女坂というものがある。どちらの道を行くか決めるのが指導者だ。私自身は「生きるのには単純な性格の方が楽だ」と公言しているが、それはリーダーなどという立場を取らずに済んでいる者の言えることである。

物質にも、柔らかなものと硬いものがある。もっともどういう素材をどう感じるかは、人により立場によって違う。終戦後、復員船と呼ばれる船に詰め込まれて帰ってきた人の話を今でも忘れられない。その人はぎゅう詰めの船上で、初め鋼鉄の部分の上にやっと身を横たえる小空間を見つけていた。とにかく日本に帰ることばかり考えていたのだから、文句は言えないのだが、それにしても体を横たえるには鉄は硬くて眠れない。そのうちに部下の一人が、どこからどう工面してきたのかベニヤ板の小さな板切れを一枚持ってきてくれた。「どうぞお使いください」というわけだ。その板を背中の部分にだけ当てて寝た時、板とは何という柔らかなものだろうと胸が熱くなった。

一枚の板切れは、綿の布団と比べて硬いとみるのが普通だが、それでも柔らかいと思える人がいるのは、絶対の硬度の基準からは容易にはずれ得る人の心の複雑さを示している。それが融通無碍の人間の心理のおもしろさだ。その振幅に対して充分に対応できるリーダーでないと、活路は開けない場合も多かろう。

そういう柔軟な判断を妨げるものが、平等や正義といった言葉や概念へのこだわりであろう。もっとも最近では、基本的な道徳的感覚もない指導者も珍しくないというから、改めて正義と平等などということを唱えなくてはいけないのかもしれないが、正義と平等を旗印にすると、正義も平等も実現しなくなるということは多い。この二つの意識は、事物の根底に礎石か土台のようにあるべきものだが、その存在も普通は見えないし、ましてや振りかざして進むものではない。なぜなら、現実の社会において、正義が完全に行われることもないし、平等にいたっては、永遠の憧憬か、社会が進むべき目標として、未来に見て進むべき道標だからである。

## 聖書の「ぶどう園の労働者」の話

この問題については、聖書が「ぶどう園の労働者」という話で含蓄のある逸話を展開している。聖書の世界に偏見を抱く人は多いが、中身は決して説教臭いものではなく、現在にも生きているセム文化の真髄を伝える初歩的教科書と言ってもいい。

あるところにぶどう園の持ち主がいて、収穫の時に、日雇いで働く労働者を求めることになった。一番早く夜明けに広場で見つけた男たちには、一日一デナリオンを払う約束をしてぶどう園に送った。それでもまだ人手は足らず、広場には仕事にあぶれている男たちがいたので、主人は九時頃、十二時頃、午後三時頃、と最後には日没直前の五時頃にも広場に行って人を雇ってぶどう園に送り込んだ。それぞれに「ふさわしい賃金を払う」約束をしたのである。

日が落ちると、主人は最後に雇った男たち、つまりほとんど一時間くらいしか働かなかった男たちから日当の支払いを始めたが、短時間しか働かなかったこのグループの男たちにも、朝から丸一日暑い中で重労働した男たちと同じ一デナリオンを払った。すると朝一番のグループが文句を言った。一時間しか働かなかった連中と、同じ賃金、というのは不公平だと言うのである。すると主人は答えた。

「あなたに不当なことはしていない。あなたはわたしと一デナリオンの約束をしたではないか。自分の分を受け取って帰りなさい。わたしはこの最後の者にも、あなたと同じように支払ってやりたいのだ。自分のものを自分のしたいようにしては、いけないか。それとも、わたしの気前のよさをねたむのか」

このほんの数行の個所は実に多くのものを含んでいる。日本人は、自分の信じている正しいことの反対の行動を取る人は、正しくないことをしているのだ、と考える。しかし現実を正視すると、こうして正しいことの反対をする人もまた正しいのである。

ここには現代の日本には極めて稀薄になった慈悲というものの力も示されている。今は個人の救済には慈悲の力が示される時代ではなく、弱者は社会か国家が面倒を見ればいい、というのが大方の理屈だ。しかし最後に力を持つのは、やはり金を持つ者の、それぞれの力に応じた個人的な慈悲、或いは惻隠の情なのだという事実も薄れてはいない。一時間しか働かなかった日雇いの男たちにも、同じように家族がおり、妻や子供たちは同じような食欲で食べることをこの雇い主は知っているのである。

ここには契約の精神というものの、原則も示されている。日本人には、この契約の精神というものも稀薄である。きちんとした意志や理解力のある人が、その仕事を引き受けるに際して、報酬の条件を示され、危険や労働条件を納得して契約をした場合でも、いざ死亡事故でも起きた時には、日本社会では、契約にない慰謝料や和解金を要求される。これは外国にはないことだという話をよく聞かされていた。

日本人は、契約の期日を過ぎても、かつて自分が働いた場所をきれいに去ることができない。大して役に立たない役職名をもらい、時には引退後の事務所らしき部屋を借り、始終その場に出入りして暮らす。

リーダーというものは、契約の厳しさとそこで働く者への慈悲という、一見対立するように見える要素のどちらにも目配りのできる人であるべきなのだろうが、日本のリーダーたちは全員が必ずしもそうではない。

会社自体は社会奉仕に深い理解を示しているような活動をしているところでも、労働条件となると信じられないほどの厳しさを平気で要求しているところもある、と聞いている。社会活動が、一種の会社の良きイメージを得るための手段だと心得て、心得るだけならまだいいのだが、外国社会で公然と「この国では、ボランティア活動でもしなければ受けいれられませんので」とマスコミに向かって平然と語っていた大手企業の支店長の談話を読んだこともある。現実はそうであっても、せめて外部にはそれを隠しておくだけの理解も配慮もない、無教養人なのである。

私がいつも思うのは、組織は、そこで働く社員や職員が、実質自宅に六時間か七時間くらいしかいられないような実情を見過ごすものなのだろうか、ということだ。それは人間の家庭生活・疲労回復・教養に当てる時間などを無視した残酷なもので理屈に通らない。

そういう会社の社員が、必ずしも働きものではない。会社でけっこう怠けて無駄な時間の使い方をしている。私が責任者なら、こんな甘い労働条件は許さないだろうと思うような会社や官庁の人使いの現状を最近ことにしばしば見るようになった。ようするに、彼らはエラーをしなければいい。だから自分の労働時間は、実のある働きを期待して買い取られたものだ、という意識は全くなく、とにかく無難にことが終わればいいと、そればかり考えている。

昔はなかった最近の奇妙な現象は、組織の迎えの車が、前日下見に来るということが頻繁に起こるようになったことである。私がかかわる仕事など、迎えが十分二十分遅く着こうがカバーできる程度のものだ。それを前日、或いはそれよりもっと前に、一、二時間もかかるような離れた所から私の家の場所を下見に来る。そのガソリン代と人件費はどうなっているのだ、と私は許せない思いだ。

私が小説以外の世界で尊敬を覚えたリーダーは、やはり現場をよく知っている人たちだった。自分の会社の社員が、どのような現場環境の中でどのような問題と闘って働いているかを、全く知らない指導者を私は信じる気にはならない。しかし私の周囲には、「社長は全く来たことがありません」という前線で働く社員は珍しくない。

## 日本語の達者な使い手であれ

私も人並みにテレビの広告を嫌っているが、しかし別の興味でコマーシャルを見ることはある。これほど凡庸で、才能がないコマーシャルに、よく高価な広告料を払うものだ、と思うコマーシャルが出ると、つい見入ってしまうからだ。凡庸なコマーシャルには必ず着ぐるみと子供が登場し、中で踊る。自社のコマーシャルがこれに該当したら、その会社は広告代理店を変えるか、厳しい交渉に入った方がいい。アフリカ人なら、嬉しいにつけ悲しいにつけ踊る習慣だから、マンデラの葬式でも踊ったのである。しかし日本人はそうではない。コマーシャルは明るくて無難であるという要素を満たせばいいと思っているから幼稚な発想でお茶を濁せるのだ。着ぐるみも踊りも広告製作の実務者の無能を示すもので、たぶんスポンサーの会社の社長は、自社のコマーシャルなどしみじみ見たことがないのだろう。

コマーシャルは一秒の間に何をどれだけ伝えられるかを買うのだから、社長は少なくとも製作の段階でそれに深くかかわるべきだろう。中には日本語の間違いが放置されているのもあるし、何を「商っている」会社かわからないまま終わるコマーシャルもある。

従ってリーダーは日本語に熟達した人でなければならない。表現というものは、もっとも平和な武器だと私は思っている。伝え、理解し、人心に浸透する。互いに語り合って譲歩できるところは譲り合う。そのためには、日本語の達者な使い手でなければ手も足も出ない。社長としてする短い挨拶くらい、短時間に自分で書けるくらいの表現能力がいる。中に一行、強烈に伝えたい思いを残せれば、その挨拶は効果満点だからだ。人に書かせるから、トップの挨拶というものは内容が間違っていないだけで、感動のない文章ばかりになる。しかし部下に、おもしろい挨拶の書けるほどの日本語の使い手を期待してもむだだから、トップは必ず自らが日本語の達者であることが、ある程度必要であろう。

現場を知ることが、リーダーの必要条件だという点に戻れば、日本は最近、将来の地下資源への需要から、アフリカ諸国に少なからぬODAの金を廻そうとしているというが、日本人から見ると、アフリカという想像の範囲を超えている「文化」の対極を持つ人々を、どれだけ理解しているかが問題になってくる。むずかしいことを言わなくても、外務大臣や財務大臣は、アフリカの国々の、首都以外の土地の暮らしを現実に見たことのある人なのかどうかが問題なのである。

誰かに金を渡そうとする時、まともな人なら、やはり相手を知ってから渡すものだろう。それが男であれ、女であれ、知らない相手に金を渡すということはあるまい。しかし日本の政治的指導者は、相手国の現状を知らないまま、金でも自衛隊でも送ろうとしているように見える。

アフリカは日本人とは全く違う思考と文化形態を持つ部族社会である。水が始終出ない小さな診療所で、順番を待つ患者たちのための日除けを作ってほしいと相談されたことがある。「それより手を洗う水の確保の方が大切なんじゃありませんか」と言うと、「ここでは、ずっと医療機関でも水なしでやってきたんです。ですから水がないことに、彼らは平気なんです」と日本人の修道女は言う。

アフリカでは、日本人がインフラを整備すると言っても、日本人が去った後は、その機能が半年ももたないところがほとんどだ。後はエレベーターも動かないまま。レントゲンの装置はフィルムがないまま。血液の検査室には試験管が数本しかない、という荒れ果てた光景になるのはごく普通だ。アフリカの気質と現状には、修理をするという機能がほとんどない。無理もなかったのだろう。今までずっと、金がない、技術がない、部品がない、組織がない。何より直して使わねばならないという義務感がないままでやってきたのだ。そうした事情を骨の髄まで知っている閣僚や政治家が、ほんとうにアフリカのためになり、かつ日本人の苦労も報われる仕事を企画するのだろうか、と私個人はほとんど諦めの境地である。

リーダーの報酬というものは、今よりずっと安くていい。その組織をもり立てるという情熱は金では計れない。それはその任を引き受ける人の「趣味道楽」であっていいと私は思っている。だから今の感覚で言えば、年間一億円を超える報酬は必要ないだろう。趣味道楽というが、それは遊びではない。趣味道楽でなければ、人は本当に命を賭けたいい仕事をしないものなのだ。オーナー社長なら、儲けは取りたいだけ取ればいいと言いたいところだが、金はむやみにもらっていいというものではない。周囲で働く人との間に落差がありすぎると、社運まで運命の深い谷底に転落する恐れがある。その微妙な感覚がない人もたぶん経営者としては、不適格なのだ。

## 都知事選に思ったこと

二〇一四年二月の都知事選を見ていてしみじみ思うのは、人間は自分というものの実質をなかなかわからないものなのだ、ということだった。自分はまだ世間から要求されている、まだ人気がある、と思い込むことの愚を見せつけられた感はある。

一度トップに立つことになった人は、ことに引き際が大切だ。その任に就いた日から辞める日のことを想定し用意すべきだろう。自分が脳血管障害に見舞われて自由に思考や表現ができなくなった場合を考えて、年月日だけを記入していない自筆の辞表を用意するのは当然の義務と言える。自分が意識を失った場合、家族には一週間後には、それを自動的に提出するようにと言っておくべきだ。

世間にたくさんある財団の理事会などで、会長が出席不能になった場合、家族からも辞表は提出されず、長らく会長が実質空席のまま組織に迷惑を掛け続けている例を、私は実にたくさん見てきた。役所の場合なら、働けない人に数カ月も一年も、国民の税金から月給を払うことになる。それはあまりにも心ないことだ。日付のない辞表を着任の日に用意するということは、トップの最低のたしなみというべきだろう。

トップでなくてもサラリーマンは、どうしても自分の信念とぶつかる上司に会った場合、転職ができればいいが、常に他の方法で生きる道を心に用意しておくことだ。作家の生活にも長い年月、大手新聞社とNHKなどテレビ局による言論弾圧の時代があった。当時、これらのマスコミは、中国を批判する内容を一行たりとも表現することを許さなかったのだが、このことを謝罪したことはない。

私はその度に書くのを止めて生きる道を考えた。それは畑でジャガイモを作って暮らす生活だった。幸いにも日本は人口が減り、農業から離職する人も増えて、農地は比較的手に入りやすくなっている。魂の自由を守るには、「田園に帰ればいい」のである。私はそこまでいかなくて済んだが、今でも素人にしては驚かれるほど、野菜を作る方法に詳しくなっている。おかげで私の晩年の趣味道楽は、一つ増えたのである。

# ゴルバチョフ氏の深夜会議
## ――国の人心や社会の真実を見抜く力量を持つ

二〇一二年十二月の第二次安倍内閣の発足によって日本人の多くは民主党時代の、逼《ひっ》塞《そく》して、縮こまった空気から逃れられるのではないかと期待している。その夢は間もなく消えるのか、それとも現実のものとなるのか。私も実質的な転換期が迎えられることを願う一人だが、社会の動きには運もつきまとう。総理の指導力は何より大切だが、世間の空気という、実に不確かな流れもまた大きく口をきく要素だろう。

安倍総理は、国際社会にも出て行って、今までのように誰もが納得しているような子供じみた凡庸な道徳的姿勢だけでなく、もっと積極的な方向性を打ち出した外交を展開しようとしているようだが、それを補佐する人々に有能な人材を揃えるともっといい。

総理が正式に外国を訪問する時、今までよりさらに公然と日本を代表するような経済人や学者などを同行することによって、補佐的な人間関係を補強し、同時に同行者の集めたデータによって、奥深い情況を推察することができるという可能性はまだ残っている。

一九九二年、ゴルバチョフ氏が読売新聞社と「ゴルバチョフ歓迎委員会」の招きで日本を訪問した時、氏の随員をも含んだ四、五十人くらいの宴会で、私は遠くから「ソ連」を変えた人物に会った。とは言っても隣席ではないから、直接言葉を交わしたわけではない。私は隣席に座ったロシア側の随員という人と、それなりにお話をしなければならなかったのである。

その人は私の目には四十代の初めくらいに見えた。生まれた時から胃潰瘍を患っていたのではないかと思われるほど、痩せて疲れきった表情をしている。しかし機嫌が悪いというわけではなく、彼はぽつぽつとだが、私と喋った。

嘘かほんとうかは知らないが、彼は、自分はKGB（ソ連国家保安委員会）の元メンバーだったと言い、それで私も初めて「ああ、こういう人物が表に出るようになったところをみると、ソ連も本当に崩壊したのだな」と単純に思ったものである。しかしもしかすると「元ＫＧＢ」という身分は、ハリウッドの映画の登場人物としても意外ともてることが世界にも知れ渡ったので、私へのサービスでそう言ったのかもしれない。

ゴルバチョフ氏は私と全く同年の生まれだから、もう若くはなかった。しかし彼は実に精力的で随員を困らせるのだ、と元ＫＧＢは私に愚痴ってみせた。ゴルバチョフ氏は夕食まではこうしていろいろな人に会い宴席にも出るのだが、夜十一時から時には翌日になることもあるような時間から、毎晩必ず随員を集めて、今日あったことの合同ヒヤリングをやる。おかげで自分は日本へ来て以来ずっと寝不足のままで疲れてたまらない、と元ＫＧＢは意外と惰弱である。

連れて行った随行のメンバーを蛸の手足のように勝手に泳がせ、彼らが大統領とは違う局面で見聞きしてきたことを、共通の情報としてその日のうちに収集し処理して分析に廻すという機能を果たしているとしたら、やはりゴルバチョフ氏という人は凡人ではない。

一九七五年に私は初めて中国へ行った。両国が交換した文化使節団の日本側の一人として送られたのである。

フランスの文化省などの大臣を歴任したこともあり、フロイトやレヴィ・ストロースの研究者でもあったアラン・ペールフィットは、私たちの訪中より少し前の一九七一年に、国民議会議員団団長として中国に視察旅行に行った。彼は「周恩来に三回も会って話をする機会に恵まれ」、驚くべき膨大な体験を帰国後二年かかってまとめた。「われわれの会談・会話・討論などのメモをタイプに打ちなおすと一千余枚になった」ほどの組織力をもって、それまで大げさに言えば謎に包まれていた中国の「可能性と限界、成功と失敗、栄光と悲惨」を明確にしようと試みた。それが『中国が目ざめるとき世界は震撼する』という上下二冊の本としてまとめられ、四十フランという高い定価であったにもかかわらず、五十万部を売り尽くしたという記録になった。

四年の年月が経った後ではあったが、フランス側とほぼ同じくらいの人数と日程で訪中した我々の使節団にも、分野の違う一騎当千の学者や専門家が二十人前後いた。それまで日本の多くの文化人たちが取っていたような、中国にへつらう姿勢など全くない人々ばかりだった。嘘のような話だが、それまでの日本のオピニオン・リーダーたちは、中国におべっかを使うか、少なくとも中国に対しては賛美のみで全く批判をしないことをもって、自分の進歩的な精神の証にしていたのである。そして私たち文化使節団のメンバーは、帰国後、それぞれの専門分野では体験したものを発表しただろうが、ペールフィットのグループのようなまとまった成果をあげることは考えなかった。だから『中国が目ざめるとき世界は震撼する』を読んだ時、私はまず自分自身が震撼したのである。

当時の中国には、まだ個人の所有ではない土地に、人民公社という呼び名で一種の共同農場や生産組織を営ませていたが、それをもっとも進歩した組織として諸外国人に対するショウウィンドウにしていた。私たち代表団も、人民公社の個人住宅に自由に入っていいと言われ、その家の主はいなかったが、素朴な住居の中を見学した。

私が見てきた家の内部の子細を「テレビはありませんでしたが、ラジオはありました」というふうに日本側の農政経済の学者の一人に喋ると、この方は「ラジオはスイッチを入れてみましたか?」という形で私の報告の精度を確認した。ラジオが多分見せかけの外箱だけだったのではないか、と疑っていたようである。私たちがお土産を買うために政府の友誼商店に行くと、その方はじっと商品の内容や量を見て歩き、後で私に「翡翠《ひすい》が思いのほか少なかったのは、人民が政府に隠して出していないからです。(宝)石は家の壁や床に埋めても、隠し易いですからね」というような言い方をしていたし、会議の席上で、中国の農業関係の代表者が米の収穫量を得々として述べると、後の質問の時間に一言「あなたが言われた量は『籾《もみ》込み』ですね」と確かめたりしていた。当時の中国側の発表する代表的な農家の米の収穫量は、到底常識では考えられないほど神話的な大量だったのである。

随員がいかに疲れていようと、記憶がまだ鮮明なその日のうちに情報を集めさせるゴルバチョフ氏のやり方はやはり正当なのである。

安倍総理も、分野の異なる情報収集機能を持つ人々を、公然と随行されれば、これからの外国訪問の成果も上がるだろうという気がする。もっとも小さな何気ない光景から、その国の人心や社会の真実を見抜く力量をもった人というのは、あまり多くはないだろうが。

# 伝達の奥深さ
## ——通訳は必ず責任機関の「自前」でなければならない

友人に一流の同時通訳として、長年活躍した人がいた。その人に私は特別な尊敬を抱き続けてきた。作家になるのも、一種の才能が要るという人もいるが、同時通訳はもっと大変だと思う。語彙の豊富さ、頭の働き、運動神経、最近の流行語、その国語独特の比喩・隠喩、歴史的常識などなければ、とうてい人の言葉を伝えることはできないだろう。しかも伝えなければならないことを喋っている当の人物が、政治家、官僚、経済人などだとしたら、後々大きな責任が発生する。

安倍総理が二〇一四年一月末にダボスで開かれた世界経済フォーラム年次総会で行った各国との意見交換会で、首相が発言していない内容が同時通訳によって伝えられたことが問題になった。この同時通訳は外部委託だったというので、私は少しびっくりした。要人の通訳は、やはり外務省の職員が行うものだろう、と思っていたのである。この時、日本側は同時通訳を録音していなかったことも後で問題になった。

私は世間が「嘘をつく商売」と思っている小説家だから、どんな発言をしても非常識人として通る立場にしかいたことはないのだが、それでも偶然立ち会った外国人との席で、おもしろい光景を見たことはある。一度はまだ若い時、政府派遣の文化使節団の一員として初めて北京に行った時、人民大会堂で鄧小平氏と会った時である。

北京側と日本側とそれぞれに一人の通訳をつけていた。会議は穏やかでありながら、言うべきことは言うという空気で、日本側から参加された評論家の山本健吉氏が発言された。

「中国は最近しきりに日中友好ということを言われ、それは大変望ましいことですが、まだ現実には『白毛女』のような反日的な芝居をやっています。どうお考えですか」

中国側の通訳がそれを中国語で鄧氏に言うと、鄧氏が中国語で返事をする。その通訳された言葉は、「後でよく調べて返事をしましょう」というものだった。私は当の『白毛女』を見たこともなかったので黙って聞いていた。

　ところが日本側の団員の中には四人ほど、中国語に堪能な人がいたのである。その人たちの話によると、鄧氏は「まだあんなばかな芝居をやっているのか」と返事したのに、通訳はそれをまともに伝えなかったのだという。私はつくづく通訳というものは、相手側の用意した人に頼ったりしていては危ないものだ、と感じた。

　そういうこともあったので、後年国連パレスチナ難民救済事業機関（UNRWA）から、視察に来るように言われた時、私は独自の通訳を、自費で秘書として同行することにした。私は別に秘書などいなくても少しも困らなかったのだが、先方には、いかにも秘書なしで旅行などしたことがないような顔をしたのである。

　私はこういう取材には、英語の通訳だけではだめだと考えていた。幸いにも私は、日本人と結婚したアラブ人の女性を知っていた。その人は日本に来て以来、アラブ諸国には帰っていなかったので、懐かしがってこの出張を喜んでくれた。

「でも、もうあまり長く言葉を話していないから、うまくしゃべれへんかもしれん」

と彼女は関西訛りで言った。

私の目的は、私の言うことを相手に伝えることではなかった。周囲の人が何を言っているか、教えてほしかったのである。

イスラエル領内にあるあちこちの難民キャンプの空気は、当時穏やかとは言えなかった。私はキャンプ内では決して早足で歩かず、常に同行の「臨時秘書」と笑いながら、喋りながらのろのろと歩き、時にはわざと立ち止まったりした。暴徒というものは、犬と似たような本能を持っていて、さしたる理由はなくても、異分子が慌てていると追いかけるものなのである。

ガザのキャンプの中で私たちは、一人の闘争的な女性教師に会った。その人は、英語でアメリカの悪口を喚き続けたが、当時、パレスチナ難民の援助に、もっとも多額のお金を出していたのはアメリカで、二番目が日本であった。難民に金を出すのは、決して人道的な気持ちからだけではないだろう。しかし現実にパレスチナ難民たちはその金で暮らしていたのである。

私はずいぶん長い間彼女の言葉を聞いていたが、最後にとうとう「あなたたちは、どうしてそんなに悪いアメリカの援助を受けているんですか？」と言った。すると女性教師はもっと激昂した。その証拠に彼女は、その時から英語をやめてアラブ語で喚き出した。私を無視したのである。私の「臨時秘書」はそこでようやく口を開いて、アラブ語で何か彼女と応対していた。そして数分後に、私たちは無事にその場を離れた。

「ほんとにあんなこと言うから、あの女の人、怒ってはって、私がいいように言い訳しといたけど……」

彼女の方がずっと人間ができていたので、彼女は闘争的な女性教師に、この日本人は小説家で、小説家は非常識なものだからああいうことを言ったのだ、と言い訳してくれたらしい。その指摘は半ば当たっていたから、私は幸いにも、その場を無事に逃れられたのである。

この「臨時秘書」兼「アラブ語通訳」を同行したことはしかし非常に有効であった。女性教師は、英語を止めてアラブ語に切り換えてから、二つの大切な点に触れたらしい。

一つは、アメリカがパレスチナ人にお金を出すのは、自分たちが悪いことをしているという自覚があるからで、ほんとうはもっと取ってやればいい、ということだった。私はそこで眼を開かれた。相手国に援助の金を出すことは、時には人道のためとは思われず、謝罪と補償の意味だと理解されることもあるのだ、ということを知ったのである。

もう一点のことは、この女性教師は、こういうことを言う日本人は誘拐してやればいい、とも口にしたのだという。私は翌日、エルサレムのＵＮＲＷＡオフィスにいるアメリカ人の所長に、お茶に招かれた時、それとなくその時の会話の内容に触れた。するとその所長はちょっと考えてから、以後は自分の無線機つきの車を出すから、タクシーには決して乗らないように、と言った。細かい時期は知らないが、私と同じような立場でベイルートに入ったジャーナリストの一人が、その頃誘拐されていたという噂があった。

通訳は必ず責任をもつ機関の「自前」でなければならないのは、当然すぎるほどのことである。私の同行した通訳は、訳さなくてもいい会話の部分を正確に伝えた。それもまっとうな情報収集機能というものだろう。外務省も防衛省も、有能な通訳の育成のためにはもっと予算をつけてもらってほしい。

# 男は産ませる機械

## ――人に「謝らせる」というのは、最低のやり方

ドイツから帰ってきた人の話だが、二〇〇七年一月二十七日の柳沢伯夫厚生労働大臣（当時）が「女性は産む機械」と発言したことを、地元のマスコミが嘲笑的に伝えているという。柳沢氏に対する批判がないわけではないだろうが、それを追及する野党の女性議員の単純さが笑いものになっているというのだ。その問題とは別に、人に侮辱されただけで大騒ぎをする人に、ほんとうの政治も外交もできるわけがない。政治も外交も、そして経済も、基本的にはお互いに侮辱の波をかぶりながら生き延びていくのだ。

予想されていたことだが、私は柳沢氏のことをあたかも女性の敵であるかのような言い方をする男性評論家は誰と誰だろうか、ということを見ている方がずっとおもしろか

った。

驚くほど多くの人が、大変な悪いことのように言う。柳沢氏の発言は、よく「原文を読むと」稚拙な表現かもしれないが、ためらいや言い直しもあってそれほど無礼ではない。大体、東大法学部出の表現のセンスは、こういうものなのだろう。当人は自分で天下の秀才と思い、世間では人生がわからない人だと思い込んでいるのが東大法学部というものなのかもしれない。作家志願者に東大法学部出身がいたら「そんな人が小説書けるの？」という芥川賞の選考委員がいてもおかしくない。東大法学部出の表現は貧しいから、総理の演説もおもしろくならないのだ。つまり総理が直接書かなくても、側近の東大法学部がお書きになると途端に魅力がなくなるというのが真実なのか、聞きたいところである。

大体、人に「謝らせる」という発想が私はかなり嫌いだ。どこかの国にもしつこくそういうことを繰り返す国がある。悪い意味で「女性的」なのだろう。圧力をかけて、人に謝らせるというのは、世間では最低のやり方である。強制して謝らせられた人は、決してほんとうに悪いことをしたとは思わないものなのだ。ただし国際関係ではそういうことを繰り返して、カネやモノをせしめる、という効用性があるし、政治の世界では、政党や個人の駆け引きの材料に使えるのかもしれないが、私たちの普通の社会では、情けない解決の仕方である。

普通こういう場合日本では、謝るということは大臣を辞めろということらしいが、食堂、駅、喫茶店、デパート、マーケットなどで、接する女性たちに対して実に尊大な口調でものを言っている客の男はいくらでもいる。他人には言葉をくずさず、ていねいな態度で敬語を使う男性の数はむしろ希少である。多くの人が柳沢氏以下なのである。

野党は、ここで怒って柳沢氏を追及すれば、女性の人気を取れると思ったのだろう。しかし心底見え透いた、という感じで私は興ざめだった。小宮山洋子さん、蓮舫さんなどが安全地帯にいながらかさにかかって非難するのを聞くのは不愉快でしたね、と言った人もいた。

私の知っている仕事をしている女性たちは、一大臣が何を言おうと、どうでもいいのである。彼女たちは毎日が忙しくて柳沢発言などにかまっていられない。女性が産む機械としか思わない人がいても、彼が自分の夫やコイビトでなければどうでもいいと私も思う。

「じゃ男は産ませる機械ね」と一言報いておけばいいわけだ。その場合「産ませる機械」と言われた男たちが「ボク、そうなりたい」などと不届きなことを言わずに、一斉に立ち上がって怒りを見せ、そのように発言した女性に謝らせるのだったら、そのような光景を、私はぜひ一度見てみたい。もしそうしないなら、しない男たちは性差別の持ち主であることは明らかだ。

テレビのコメンテーターたち、雑誌の評論家たちも「空気に媚びた」としか思えない。「最悪、最低、極端に品がなく、言葉の選択が劣悪すぎる」とか「安倍昭恵さん、あなたが『私も侮辱されているのよ』と迫らなければおかしいと思うのです」などと、自分が怒るだけでなく、他人に怒れ、と命令する人も出る始末である。この人は、「公明党の浜四津敏子代表代行があまり怒りの声をあげないのも不思議なのですが」と思想の介入までしたがっている。

たまたまテレビで「柳沢氏の発言は言語道断だ」と発言していた代議士の先生が、「選挙民なんかには、まっとうなこと言わなくていいんだよ。ただ『皆でガンバロウ!』

って言っておきゃいいんだ」とおっしゃっているのを、私はナマで聞いたことがある。そちらもずいぶん侮辱した言葉だが、ほとんどの代議士先生はそのようにお思いだろう。しかし私はそれでも別に構わない。世の中はそんな程度のものと思っているからだ。

安倍昭恵さんと浜四津さんをなじった人は、柳沢氏がかつて大蔵官僚だったことにふれ、「私は、柳沢氏が大蔵官僚だったことにこだわりたいと思います。柳沢氏が現役官僚だったら、ノーパンしゃぶしゃぶにやはり行ったでしょう」と書いている。これはめちゃくちゃな非難だ。非難する時はきちんと裏が取れるまでガマンして待ち、それから書くのがライターの矜持《きょうじ》だ。そうでないと、イラクに大量破壊兵器があるという見なし断罪で戦争を始めたブッシュと同じ愚を犯していることになる。

一般に自分が怒ると「いい子」になれる、と判断される時に怒る人には用心した方がいい。柳沢氏は水に落ちた犬だから、誰でも安心して叩ける。柳沢氏に対しては、すべての女性が静かに選挙で判断を示せばいいだろう。こういう人には、決して政治を任せられないと思ったら、以後当選しないように強力に運動するのが当然だ。安倍総理にも、閣僚人事の責任があるのだから、次の選挙で自民党に対する支持をするかどうかという形で、一人一人が自由にその批判をしっかり向けたらいいのである。

しかし、これで政治家はいよいよ無難なことを言うだけで、本音と思われるものを言わなくなった。誰も彼も、当たりさわりのないことを言う技術だけ磨くようになるだろう。

私が政治家という職業を嫌うのは、そんな形で人生の真実には触れられなくなるからである。私は小説家になったおかげで、心臓をじかに摑まれるような言葉、魂を揺さぶられるような厳しい表現に、日常触れて過ごしている。「すべて存在するものは、良きものである」というトマス・アクイナスの言葉が素直に通る世界であった。もちろん善悪の区別はある。しかし悪の中にも意味を見いだす作業が可能だったから、私はすべての世界と人から学べたのである。

しかし政治の世界はそうではないらしい。柳沢氏はたった一言でほとんど総理への道を閉ざされた。政治家とはやはり嫌な職業だ。

# ある劇場

## ――「裁判員制度」は、素人を利用した民主主義のパフォーマンス

故鳩山邦夫氏という方は、二〇〇七年八月の法務大臣新任早々から、なかなか含蓄のある事を言われた。間もなく発足した裁判員制度にしても、必ずしも強制はしない、と言われたようで、私を始めとして私の周囲の「忌避族」はほっとしただろうと思う。もちろん私は簡単に辞退できる年齢にいるので、務めなくていいことを心から安心している一人であるが、たとえ若くても、私は法の裁きを受けようとも裁判員を承諾しない。

裁判員制度については、私はうまくいくわけはない、と何度も書いてきた。個々の裁判員が、自分で調査して新しい事実を見つけてもいいのなら別だが、与えられた資料だけで判断を強いられるなら、ただ素人を利用して民主主義のパフォーマンスをしている

だけなのだ。選ばれた裁判員はその茶番劇の並び大名を務めるだけだと私は思っている。

私の周囲には、裁判員に選ばれることを避けるためのいろいろな口実を考えているのがたくさんいる。もちろん今の段階では、笑い話の範囲だ。しかし内心はかなり本気でこうした判断に抵抗しようとしている人たちである。

自分は実は精神異常だ、と申告したらどうだろう、という中年もいる。「会社には隠していましたが、妄想や幻聴があるので困っています」と申し立てるのだそうである。

決定するまでに人物判定の機会があるだろうから、その時「死刑絶対反対！」とか「死刑は必要だ！」とか、つまりどっちでもいいのだが、判決に初めから予断を持っているような言葉を書いたTシャツを着て行ったらどうだろうか。命令違反をすると三十万円の罰金を払わされるそうだが（嘘かほんとうか私は知らない）、あらかじめ貯金しておいても自分の思想を通す。それでも収監されたら、喜んで服役して、貴重な刑務所生活を体験する。

「作家なんか一度入ってみたいと思ってる人多いんでしょう。一度刑務所暮らしをしておけば、その後犯罪小説や推理小説を書く時、ずっと重みがつきますよね」

と私の顔を見た人もいた。

もし俄《にわ》か採用の素人の裁判員が、判決に正しい判断を示せるなら、何であんなむずかしい法科を受験し、何度も何度も司法官試験に失敗しても又再度挑戦するのか。

鳩山氏は、最近の新司法試験の導入で、今後増え続ける弁護士人口について「将来、国民七百人に弁護士が一人いることになるが、それだけ弁護士が必要な訴訟国家になったら日本の文明は破滅する。わが国の文明は和を成す文明で、何でも訴訟でやればいいというのは敵を作る文明だ。そんな文明の真似をすれば、弁護士は多ければ多いほどいいという議論になるが、私はそれにくみさない」と述べたと、二〇〇七年九月五日づけの産経新聞は報じている。氏は「（弁護士の）質的低下を招く恐れがある」と言っているが、私流のはしたない表現で言えば、数を増やせばくず弁護士が増え、国民は結局そうした人たちの愚かな判断の被害者になるということだ。日本には阿吽の呼吸というものがあり、「何とかして穏便にすます」という知恵の伝統もあるはずだ。

私は一時期、必要もあって地裁に裁判の傍聴をしに通っていたことがあった。これはほんとうにおもしろい体験で、さまざまな判事、いろいろな弁護士がいるのに喫驚した。

判事には無礼なのも、態度が悪いのも、いやいややっているという感じの人もいる。一方、弁護士にも実に頭のめぐりの悪い人がいるので驚いた。関係者にたとえば春子と秋子という二人の女性がいるとすると、始終その二人の名前を性こりもなく混同して、被告に注意されたりしているのである。

裁判が始まれば、厖大な資料を読み、その中のアラと繋がりを探し、近眼も乱視もますますその度を増すだろう、と思うほど眼を酷使して調書を読みこまないとだめなはずである。小説家なら、推理小説家でなくても、法律の専門的な勉強をしていなくても、こういう資料の扱いには馴れている。しかし普通の日常生活をしている人は、文章が示すアラや問題点を見つけることがむずかしいだろうし、それをしなくていいのなら、裁判員はお飾りなのである。

産経の記事によると、弁護士一人当たりの国民数は、二〇〇七年には五千百四十二人だが、このまま増えつづけると、四十九年後の二〇五六年には七百七十二人になる。老齢化が今よりもっと進む時に、労働生産をしない弁護士がそんなに増えたらどうなるのだろう。幸い小説家の数は、本を読まない人口の増加によって、適当に自然減少していくと思うが、弁護士増加、医者減少なら亡国の兆しである。

とは言え、実は私は裁判を傍聴するのが大好きである。年を取って暇になったら、霞が関までの定期券を買い（当時はスイカなどという便利なプリペイドカードの発想はなかった）、毎日通い詰めようとさえ思ったものである。

まず地裁の地下の食堂で、サンマ定食とか酢豚ライスなどというけっこう安くておいしいランチを食べ、それから今日はどの裁判を見ようかと決める。映画館で、どれを見ようかというのと少し似ているが、こちらは生の舞台なのだからよほどドラマチックである。

法廷は民事刑事どちらでもいいが、できるだけ人気《ひとけ》のない裁判を選ぶ。有名な事件になると、傍聴席は抽選になることがあるからである。そこまでして聴く必要はないからだ。しかし地味な裁判だと、時には傍聴人は一人だけということさえある。

観客一人の劇場はなかなか贅沢で気分がいい。一年中冷暖房完備。シートの坐りごこちもいい。外ではデモが叫んでいても、法廷の中には快い静寂がある。ものを考えるには最高の空間だ。しかもそこに生の人生が映し出される。礼儀を正して聞いていたらいいではないか。眠くなるどころか、感動している。雑誌や本を隠し読んだりする必要もない。廷吏の中には、裁判官から見えないだろうと思われる角度を利用して文庫本を読んでいる人もいるが、もし法廷を舞台と見るならば、それもおもしろい演出の一つである。ミラノのスカラ座のオーケストラのゲネプロの日には、自分のパートが休みの時には屈んで印刷物を読んでいる不心得者もいたのだから、それがどこでも普通の人生なのだ。

傍聴人は一人きりでもいた方がいいらしい。興行はすべて観客無しより、一人でもあった方がいいのだろう。ある法廷では、終わった後で私が一礼して去ろうとすると、被告側の弁護士の一人がつかつかと傍聴席の近くまで来て、「ご親族ですか？」と関西訛りで聞いた。「いいえ」とだけ答えると不思議そうな顔をしていた。

# 裏方の楽しい苦労
## ――日本人にそぐわない「タウンミーティング」

二〇〇六年の年末、TM（タウンミーティング）なるものの、うさん臭さが盛んに取り沙汰されたが、その後はどうなったのだろうか。政府が主催するタウンミーティングでは、あらかじめ民間人のさくらに発言を依頼し、世論誘導の方法にもっていこうとした、という「嫌疑」がかけられた。

内閣府が急遽行った調査でも、さくらを使ったかもしれないと思われるタウンミーティングはあらゆる分野にあったという。

私の偏った見方だろうが、タウンミーティングという制度は日本人に実にそぐわない方法なのである。私も教育改革や司法制度改革の委員をしたことがあるので、タウンミーティングの空気を少し知っているが、全く下拵《したごしら》えなしにやってごらんなさいということになったら、それはまた別な意味で悲惨な結果になるだろうと思われる。

まず第一に、日本人は一般的にこうした場合に自然に手を挙げて人の前で意見を言うのが苦手なのである。私もその一人だ。考えがないのではないが、そんなところで立ち上がって、細かく、全般的に、しかも要領よく喋ることができるとは思われない。発言するだけの充分な知識を自分が持っているとも思えない。だから遠慮しておこう、という気分である。

私のような聴衆が多かったら、「ご意見のある方はどうぞ手を挙げてください」と言われても、しーんとして誰も声をあげない場合も大いに考えられる。

私は自分が時々講演をするのだが「講演後に、質問の時間を取ってください」と言われることがある。私の話など単純なものだから気楽な質問をしてもらえるが、それでも明らかに主催者側の一人が、質問の口火を切らなければ後が続かないことがある。だからあらかじめ「あなたが発言してください」と頼んでおく気持ちもよくわかる。

こうした工作を全くせずにおく場合を想像してみる。もちろん適切な節度を持った発言者もいるはずだが、多くの場合、かなりむなしい結果が出るだろうと思う。
（一）何を言っているのかわからない発言者が立ち上がって喋りだす。こういう人の話は長く冗長で、しかもつまりどういう論旨なのか、結論が誰にもわからない。
（二）的外れ。今日はそういうことを論じる日ではありません、と言いたくなるような論旨に脱線する。或いは自分の体験談を長々と語り、それが一般的な普遍性を持つもののような言い方をする。
（三）その場を利用して、自分自身、自分の属する政党などの団体の宣伝をする。その場合は必ずプロに近いスピーチのうまい人が出てきて、制限時間などおかまいなしの大演説をぶつことになる。それを司会者が止めたら、意見の発表を強権で止められたという宣伝材料として使うことができるから、それもしにくい空気になる。
　私の体験では、あらゆる立場の、穏当な人が、大体の制限時間の中で素朴な意見を述べてくれるのが一番いいのである。特に知的であったり、そのことについて物知りである必要もない。しかしこのような当たり前のことがなかなかできにくいのである。だからタウンミーティングを用意する側は、喋れるさくらを用意したくなる。しかしその場合でも、普通なら政府の提灯持ちをするようなさくらだけを用意することはないはずだ。一応の配分を考えるくらいの知恵は持っているはずである。

タウンミーティングに法外なお金がかかったことも派生的な問題になった。これは業者に委託してやらせるからそうなるのである。

タウンミーティング、講演会、などというものは、官庁の素人でもできる。こういうイベントの開催に「馴れていないから専門家に頼んだ」という言い訳もあったが、それは怠け者がしたくなかったか、事故が起きた時の責任を取りたくなかったのか、どちらかだろう。

私がかかわるのは、地方自治体の関係する講演会だが、そんなものの開催は実に簡単である。頼みたい講師に直に電話して、日時、場所、対象、目的、講演料の五項目を告げればいいだけである。

直接知らない方に電話しては失礼と思ったなどという言い訳をよく聞くが、そんなことは全くない。公共の団体は誰に対しても、直接申し入れをする資格がある。必ず申し入れが叶うわけではないが、それは紹介者がないからではなく、ただ単に講師の日時の都合がつかなかったということである。ある地方に講演に行ったら、一人の代議士の名前を挙げられたが、私はそこがその人の地盤だとは知らなかった。その代議士は勝手に自分が講師を頼んでやったのだと言ったらしい。私は時間が空いていたから引き受けたので、代議士に頼まれたからではない。

講師の講演料がわからなくて困る、というところもある。公共団体なら、出てほしい講師が以前に講演した団体に電話をかけて、「いくら払いましたか」と聞けばいいだけのことだ。官庁の場合、私が驚くのは、ほとんどが同じような額の提示をしてくることだ。これはどこかに先方で作った「相場表」が流れているのではないか、と思うことさえある。

後は、高校の文化祭を企画したことのある人なら誰にでもできることばかりである。予《あらかじ》め整理券を発行するのか。講師が開催一時間前に会場に到達するためには、どういう乗り物を利用するのか。会場では、病人がでた場合や、盲人や耳の遠い人に対するサービスをどうするのか。赤ちゃんを連れてきた人に対して、子供を預かる用意はするのかしないのか。駐車場はどの程度用意できるのか。そんなことを考えればいいだけだ。

催しごとは自分で企画実行し、他人のやらない工夫をすれば、金はかからず、おもしろいものになるのである。

しかしこの程度のことさえ、自分ではせずに業者に任せる地方自治体が多い。つまりやる気がないのである。講演会の企画を自分でやれば、確実に業者に払う数十万円の手数料が浮く。それでも自分でやってみるという組織は多くない。みんな臆病で怠け者な上、自治体が払う金は自分の懐が痛まないから一向に惜しくない。自分の責任に疵《きず》がつくことだけを恐れて、何とかして責任転嫁の方法を考えるからお金がかかるのである。

タウンミーティングは今後も実にむずかしい問題を抱え続けるだろう。その裏事情をいやというほど知っているマスコミが、知らない顔をしてタウンミーティングのやらせをなじるのも卑怯である。

いっそのことタウンミーティングなどはやめにして、ホームページを利用して意見のとりまとめをした方がいいとも思うが、そうなるとパソコンを使わない世代の意見は吸い上げられなくなる。

民主主義というものは、速度が遅く、まことに不完全なものだ。

# 「弱者の味方」

## ――人間は弱いだけでもなく、強いだけでもない

私は作家だから、ものを書く人間は、あらゆる言葉を使えなくてはならないと思っている。だから本来は、嫌いな言葉というものはない。

新聞社で今でも差別語の使用を禁じているところがある。これは明らかな言論統制だ。なぜなら作家は「善人」も書くが、同時に「悪人」のことも書かねばならない。だから悪い言葉も残しておかねばならないのだ。署名原稿は筆者の責任だから、中で使われている差別語を書き直せと言う新聞社の命令に、私は今まで全く従わなかった。自然にそうした原稿はボツになり、そのような新聞社とのご縁も切れて今日に至った。

だから私は善悪どちらの表現も大切にしてきたのだが、「弱者」という言葉そのもの

は書き手としてはかなり嫌いだから、あまり使った覚えがない。理由ははっきりしている。人間は、強くもあり、弱くもあるからだ。同じ一人の人の中にたくさんの素質や特徴や性格がまじり合って存在しているのが人間なのだから、人を弱者や強者、善人や悪人として簡単に括るのは、あまりに荒っぽい感覚だと言っていい。

聖書にも、同じことを指摘した部分がある。聖書を引用するのは、私の信仰のせいではない。もう二千年も近く前から、少なくともユダヤ人社会には、今の日本人より複雑なものの見方があったということを示すためである。

「自分自身については、弱さ以外に誇るつもりはありません」と書いたのは、初代キリスト教会を作るのに功績のあったパウロという人である。彼は初期のキリスト教会の信徒たちに宛てて、十三通の手紙を残したといわれるが、その中の一通、「コリントの信徒への手紙二」には、次のような言葉が続く。

「なぜなら、わたしは弱いときにこそ強いからです」

パウロは自分があらゆる苦難をなめたことに触れた後で、どの場合にも自分が弱かったことを告白しているが、その運命を嘆いてはいない。つまり自分が弱いことを認識した人間こそ、神の手を感じて強くなれるというパラドックスを示したのである。

ここまで複雑にならなくても、人間は決して弱いだけでもなく、強いだけでもない。どんなに強そうに見える人でも、母の死を前に涙を流すことはあるだろう。「火事場の馬鹿力」という表現があるが、自分の家が火事になると、男たちは小心にもさっさと逃げ出し、普段はおとなしくて無口で小柄な奥さん一人が、箪笥や金庫を一人で運び出したという手の話が昔からよくあった。

今、私は男性女性どちらも数人の、生活保護を受けている人を知っているが、そのうちの二人は、かなりはっきりしたアルコール依存症である。昔の仲間が、時たまほんの少し「栄養をつけなよ」と言ってこっそりお金を渡しても、後で聞いてみると鰻やビフテキを食べることはせず、その分だけ余計に焼酎を買っている。「経済的弱者」を生かすために国民が扶助をすることはわかるとしても、そのお金が酒びたりの助けになることを望んではいまい。

簡単に弱者という言葉を使うものではない。今は「弱者」のレッテルを貼られれば、逆に強者として居すわることができる時代にもなっている。

女性もまだ、時々「弱者」として扱われる。女性の社会進出の度合いを先進国並みの率に引き上げるために、女性大臣や女性管理職の率や枠を拡げようという運動は、実はもっとも女性をばかにした差別的操作である。

男性にせよ女性にせよ、才能も意欲もない人に、政治や経営をやられたら迷惑な限りだ。女性の社会進出がはかばかしくないのは、子育ての場所もなく家事を分け持つ夫の理解もないからだというが、仕事をしてきた女性たちは、そうした現実と、皆その人なりに昔から闘ってきたのだ。

私もその一人かもしれない。いろいろと事情があって、私たちは親から一円の財産も相続せず、夫婦の三人の親たちと終生同居した。もっとも私はちゃっかりと実母を子育てに「使って」便利な思いをしたのだが、昔はどの嫁も、同居の姑に赤ん坊を預けて野良に出たのだ。原型は全く変わらない。今は夫婦が親たちと同居したがらないから、それもできなくなったのだ。

一般的に保護政策というものは、決して人間の心も力も伸ばさない。東南アジアの国の中には、進出してきた中国系市民の子弟に、国立大学の入学者のほとんどを占められてしまうのを防ぐために、人種保護政策を取っている所もある。その土地に昔からいた種族の青年たちのために、大学入学の人数枠を大幅に確保するのである。その場合、受験者の学力で上から採るのではなく、一種の人種保護政策が行われることになる。

その土地に数日滞在し、少し自由に話のできる人に会うと、決まって出るのは、そのような不公平な扱いに対する中国系市民の根強い反感である。

日本の女性問題も同じだ。政治的に保護したら、ますます女性に対するいわれのない侮辱が陰湿に定着する。

私はもちろん、子育て支援をしなくていいというのではない。昔はそんなものはなかったけれど、あればある方がいいに決まっている。しかし世間が求めているのは、「その仕事にふさわしい実力者」なのである。

人を雇うのに、多くの場合、男も女も年齢も学歴も問題ではない。私の家はほぼ五十年経つ古い町家で、住居兼事務所である。

その屋根の下で昼間働いている人の平均年齢を、この間遊び半分に計算してみたら、何と七十歳だった。夫以外は全員女性。最も若い人が五十歳。最年長者が九十歳。勤労時間の長短はあるが、誰一人この古家の下で遊んで徒食している人はいない。全員がまともな日給・月給取りなのである。

結婚して子育ての最中の女性を、我が家程度の「緩い職場」でも私は使えなかった。秘書たちには、結婚と同時にやめてもらった。子供が生まれて熱を出せば、何があろうと帰さねばならないからだ。

しかし子供が小学校の高学年、或いは中学生になった後、私の家の歴代の秘書たちは全員が残らず復職した。うちは政治家の家ではないから、秘書が何人も要るわけではないので、今はワークシェアリングという形だが、全員が戻ってきてくれた。

人間は能力を査定される時にも男女平等でなければならない。その職場に、権利として居すわろうとする人など、誰も歓迎しないだろう。しかしその能力が役に立つ人なら社会も組織も決して手放そうとはしない。学歴も家柄も実に年齢さえも問題ではなく、何年後でも戻ってきてほしいと願うものだ。

一般に権利を言う人を、私は評価しない。人は権利では動かない。能力と、「美醜ではない総合的な魅力」を求めて人が惹かれ合って当然だと思っている。

# 承服できない「○○権」

## ――「身の不運」が誰にでもあることを承諾する

「非喫煙者を守る会」の人々が、国鉄は「こだま」の十六号車を禁煙車にしただけで、一向に外国並みに「喫煙は喫煙車のみ」という制度を作らないので、「他の特に長距離列車を利用する呼吸器の弱い老人や乳幼児は、タバコの煙に苦しんでおり、看過できない」として、三日夜、札幌市内で開いた総会で、国鉄相手に訴訟をおこす決議をした、ということを一九七八年六月四日の新聞で読んだ。

タバコを吸う人に、大気汚染公害を口にする資格はないということは、以前からよく、素人の間でもささやかれていることである。私も慢性咽頭炎に悩まされる一種の公害病患者として、客観的に考えると、確実に喫煙者がそばにいない方がいい。しかし、それでもなお、最近流行の嫌煙権という発想は、危険な萌芽だと私は思う。

なぜなら、権利としてタバコを拒否できるということになるなら、他のさまざまなものも、同じように権利として拒否できるようになるからである。つまりタバコも含めてある人には非常に好ましいものが、別の人には深刻な肉体的精神的な被害を与えるということは実に多い。強い人から見ると、何でそんなことがいろいろと問題になるんだろうと理解に苦しんだり、笑いの種になったりすることに弱い者は悩むのである。

だから、そういう弱い人を権利によって守らねばならない、というのが今の社会の風潮らしいが、私はそうは思わないのである。それは弱い者が「権利として」要求することではなく、習慣や制度として弱い人を守るようにすべきことであり、何よりも社会的ないたわりの心を皆が持って、エチケットとして考えることなのである。人間に対する思いやりを強調した教育をすれば、制度も、礼儀も自然にできてくる。

しかし、私たちは弱肉強食の原則など、もうとうの昔になくなった、などという甘い幻想を抱くべきではない。あることに耐え得る強いものが伸びる、ということは、社会主義国家などでは自由主義国家よりもっとはっきり出てくる。喉の悪い私は、肉体的弱点は自分のせいなのだから、行く場所や職業を制限されるのも致し方ないと思っている。

また、民主主義というものの原則に従うならば、タバコを吸いたい人間、タバコの煙に平気な人が多い限り、私たちも彼らの制度に従うほかはないが、タバコの煙の害は医学的に実証されている。現実の生活では、非喫煙者は個々に闘うこともできる。わざと煙たい顔をしてみせたり、「あなた、きっとガンになりますよ」と相手をオドしたり、「当節、知識人はもうタバコを吸わないもんですがねえ」とイヤミを言ったり、あらゆる手を使って非喫煙者の同志を増やし、投票の時、立候補者がタバコ飲みかそうでないかで決めることはできる。

生きることとは、すなわち誰かに迷惑をかける要素を持つことを、私たちははっきり認識すべきであろう。もちろん同時に、その人は別の部分で社会の役にも立っている。

別の言い方をすれば、われわれは社会から恩恵も受けるが、被害も受けるようになっている。恩恵だけ受けて被害は受けない社会など、まず出現することはあり得ないということを、子供たちに早くからたたき込むべきである。

そして、人間は受けた恩恵は忘れがちで、被害のみを長く強く覚えるものだという心理のからくりも教えねばならないと私は思うのである。

この現実と、非喫煙者のことをなおざりにしないことは、別問題であるが、しかしそれは弱い人間が、権利として、どこででも自分の思い通りの環境にいられる、ということでもない。「人権」がカバーするのは、常にわれわれが考えるよりは、はるかに低い程度においてである。

民主主義は、本質的に、最大多数の陰に、必ず私たちの欲望の一部が犠牲になり、数においての少数者が「泣きをみる」ことを承認した制度である。しかし現行の全体主義国家では、一握りの指導者に人民の大多数が牛耳られているケースがほとんどだから、民主主義国家のほうがやはりましだと私は思っている。

皆がそれぞれに違った欲望を持つのが自由主義国家だとすると、そこには当然、ぶつかり合う部分があり、それを調整するのに、規則を設けることになる。つまりわれわれが税金を税率に従って納めたり、学校教育法によって子供を学校に通わせたり、年金を払い込んだり、家を建てるのに建蔽《けんぺい》率を守ったりすることである、と私は思っていた。

ところが、この頃、この規則がときどき守られないのである。ある人が、自分の敷地内に、建築上の法規にのっとった建物を建てようとしても、隣接した家の承諾書をとってくるよう行政指導している、というのは、いったいどういうことなのだろうか。承諾書にハンコを押さなかった人の言い分でおもしろかったのは、ウシトラの方角にある隣接地をここ三年間、動かすと凶事が起きるから、という理由であった。

建築基準などというものは、お互いに利益の相反する人々のことを考えて作られたものなのだから、どちらの希望をも、半分かなえて、半分は切り捨てるようになっている。だから規則通りであるかどうかを厳しく取り締まる必要はあるが、それ以上の行政指導というのはいたずらに事をややこしくするばかりである。

この世には「身の不運」が誰にでもあることを私たちは承諾しなければならない。今は、「身の不運」の程度も、戦前からみればずっと良くなったが、それをさらに良くすることには、皆が努力すべきである。

それでもなお、本質的に「不運」はなくならないし、「この世には、身の不運と思ってあきらめるより仕方のないことがいくらでもあるはずだ」、という当たり前のことが言えるのは、もともと無頼な小説家くらいのものになったという現実は、異常である。

# 第二章　靖国で会う、ということ

# 靖国で会う、ということ

## ――国のために命を捧げた英霊への敬意

幼稚園の時から、カトリックの修道女たちの経営する学校で育った私は、戦時中の軍国主義的教育の風土にもかかわらず、その両者の対立に深く心を痛めたこともなく済んだ。

それは今にして思えば、大変幸福なことだったが、学校が政府や軍部の圧力を恐れて軍国主義的な教育に妥協していたこともない。当時の文部省が信仰上の教育を弾圧していたこともなかった。

対立するかもしれない一神教と多神教の文化が、少しも敵対せずに済む理由を、キリスト教側から説明することは少しもむずかしくはない。むしろそれは、聖書の精神、キリスト教の本質そのものなのである。初代キリスト教会を築いた聖パウロは、人間的な弱さから、紛争の絶えなかった各地の初代教会の信徒たちに宛てて、キリスト教的融和を求める十三通の手紙を書いているが、その中心的な思想は、「コリントの信徒への手紙一」(9章19節〜23節)で言い尽くされている。

「わたしは、だれに対しても自由な者ですが、すべての人の奴隷になりました。できるだけ多くの人を得るためです。ユダヤ人に対しては、ユダヤ人のようになりました。ユダヤ人を得るためです。律法に支配されている人に対しては、わたし自身はそうではないのですが、律法に支配されている人のようになりました。律法に支配されている人を得るためです。また、わたしは神の律法を持っていないわけではなく、キリストの律法に従っているのですが、律法を持たない人に対しては、律法を持たない人のようになりました。律法を持たない人を得るためです。弱い人に対しては、弱い人のようになりました。弱い人を得るためです。すべての人に対してすべてのものになりました。何とかして何人かでも救うためです。福音のためなら、わたしはどんなことでもします。それは、わたしが福音に共にあずかる者となるためです」

ここに書いてあることは、決して自分の心を売って相手のご機嫌を取って信者を増やすようにしろ、ということではない。当時の社会は、昔ながらの形式や禁忌を重んじる正統ユダヤ教の信仰に凝り固まった信者たちと、イエスの死後初めてキリスト教と呼ばれる新しい信仰の視覚を得て、異教徒の中で福音を述べなければならない運命にあった新キリスト教徒のせめぎ合いの場であった。

その場合、自分がまず頑迷であって人を許さないようなことではいけない。他者の幸福を自分も喜び、他者の不幸を共に泣く姿勢でなければならない、という基本姿勢を聖パウロは説いたのである。

私の知る限り、日本の神道もカトリックも、柔軟だった。だから私たちは日本という国家の国民として、自然に自由にカトリックであり得たし、神社に参拝もできたのである。

私は戦争中も戦後も、ずっと靖国神社にお参りし続けた。現在は、毎年八月十五日の早朝に参拝する。十年前の五月、私はひどい足首の骨折をして手術を受けた。しかしその年の八月にも、杖をついて、拝殿のできるだけお近くまで、お参りに行くことにした。

しかしやはり怪我の跡は腫れていて、直前までは歩けなかったが、一番近くの鳥居の真下あたりまで行って拝礼できた。

信仰の違いも問題ではない。戦争中、日本人の多くは、応召して戦地に行けば、二度と再び生きて故郷には帰れないことを、どこかで予感していた。しかし人間にとって死ぬということは、たった一度の偉大な未知の体験である。もう少し年を取れば、覚悟を決めて辞世の歌を作ったり遺書を書いたり、友達に我が思いを語ったりすることもできたろうが、まだ満十九歳か二十歳の、農村や漁村で素朴に育った青年たちにそれは無理なことであったろう。

彼らはそれとなく、別れと再会の期待を込めて語り合ったろうが、次はどこで会うかと聞かれれば、それは平時と違って微妙にむずかしいものであった。今の若者たちなら、再会の場所として行きつけのコーヒー店や母校を挙げたかもしれない。携帯やメールで新しい再会の場をすぐに指定することもできる。しかし当時は、電話さえない家も多かったのである。

しかももし自分が戦死していたなら、再会の場はどこにしたらいいかわからなかったろう。その劇的な運命の変化をお互いにさりげなく認め合うためにも、彼らは再会の場として「靖国で会おう」と言ったのかもしれない。終戦の時、十三歳だった私は、さらに現実的だった。戦争中、東京の町はあちこちが焼失した。空襲直後の銀座では、主な建物がすべて焼けてしまっていたので、私たちは「もとの××屋跡」というような言い方をするほかはなかった。待ち合わせの場所が、どんどんなくなっていったのである。

東京駅は待ち合わせ場所としては広すぎる。焼け残ったのは、上野の西郷さんと渋谷の忠犬ハチ公の銅像と、そして靖国神社の拝殿前という場所だけのような気がした。亡くなった英霊も、戦地から生還した人も、そこでなら会うことができる。だから私は今でも彼らの思いにならって靖国に参るのである。

八月十五日の早朝の参拝者の姿を見るのは、すがすがしい。まだ七時前でも、そこにはあらゆる人が参拝している。サラリーマンはもちろん、学生、主婦、若い娘たち、足元のおぼつかない老人……それらの人たちが、一人で黙々と玉砂利を踏んで歩いている。世間は総理の靖国参拝に関しても様々なことを言うが、この黙々と靖国に参る人たちの多様さが、それに答えているように見える。

二〇〇七年六月七日、私は元台湾総統の李登輝氏夫妻のお供をして、靖国神社に参った。李家も私たちもクリスチャンだったが、いっしょにお参りしてくれ、とお声をかけて頂いたのである。日本領時代、日本海軍の水兵として命を捧げて下さった兄上、日本名・岩里武則氏が靖国神社に祀られていたのがわかったのである。兄上が南方作戦に参加して、戦死されたのはフィリピンだったというが、戦場がどこかもよくわからず、もちろん遺骨も帰らなかった。

李氏の父上は、長男の戦死を信じなかった。戦闘詳報もない、遺骨も帰らない、ということは、実はまだどこかで生きているのではないだろうか。親だったら誰でもそう思うだろう。負傷して土地の人に助けられ、その一家と後半生を共に暮らす気になったかもしれない。それならばいつか帰ってくる、と親なら思うのである。父上は結局、兄上の生存を信じ続けて葬儀も出さずお墓も作らなかった。

私はご生前の父上にお目にかかることはなかったが、もしお会いしていたら、何と言ってお詫びと感謝をしたらいいか言葉を失っただろう。李家が日本を敵視しなかったのは、キリスト教の愛と許しの証としか思えなかった。長年参拝できなかったのも、それまでに李氏夫妻は、様々な政治的雑音に耐えねばならないお立場だったからだろう。

靖国神社側では、尊厳と温かさを持って李氏夫妻を迎えられた。

「(参拝を終えて)応接室に戻ると、そこには亡き方の名前、軍隊の階級、所属部隊などを書いた『証明書』のようなものが用意されていた。氏は『長い間、兄を祀ってくださっていてありがとうございました』という意味のお礼も言われた」と私は当時書いている。

「兄が靖国に祀られているとわかったから、今度はどうしてもお参りに来なければならない、と思った。仲のいい兄弟だったのです」と李氏は参拝の後で言われた。いつもは温顔を崩さない李氏が、その時だけはやっと時間に耐えていられるという表情だった。しかし靖国神社がお守りしてくださっていたおかげで、李家のご長男の長い戦後は、行方知れずにもならず、見捨てられたままにもならず、尊厳を持って終わったと言えるかもしれない。

私は一度だけ、第二次世界大戦中ノルマンディーの上陸作戦でたおれたアメリカ軍の戦死者の墓地を訪ねたことがある。数百基、或いは数千基の白い墓石が見渡す限り整然と並んでいた。私はどの墓石の表面にも、野鳥の糞などの汚れが全くないことに感動していた。しかし午後五時直前に入ったので、私がほんの数分墓標に書かれた記念の文言を読み始めたところで、ハンドベル風の音楽がアメリカ国歌を鳴らした。それが閉園の合図らしかった。

私たちは心を残して墓地を出たが、そこにはアメリカ領事館のナンバーをつけた車が一台止まっていて、制服の軍人が私たち一人一人に敬礼した。国のために亡くなった人たちに対して、こうした礼を取りつづけることが国家のあるべき姿だろう。靖国神社がなかったら、私たちは国のために命を捧げた死者に対する敬意の中心を失うことになる。

## ある帰還
### ——帰国の途に就く米兵の静かな旅立ち

その写真は二〇〇六年九月二十五日付けの英字新聞に載ったAP通信のものであった。時は完全な夜である。場所は飛行場の一隅にも見えるし、どこか基地の中のヘリの離着陸用の空間とも見える。人気《ひとけ》もなくごみ一つないコンクリートの地面には、区分を示す線が何本も引かれ、遠くのかまぼこ型の巨大な簡易倉庫やその他の建物に、防犯のための照明が燃えるように光っている。

まもなく明け方というふうに空気が無言で囁いていると私は感じたのだが、どこかに暁の気配が見えているというわけでもない。

人気がないと書いたが、遠景に誰もいないのであって、近くでは二人の、いや数えようによっては三人の人物の存在がクローズアップされている。カメラマンの目的は、遠い無人の光景と、近くにいる二人か三人の人間の、対照的な姿だったのだろうと思われる。

一人の人物は眼鏡をかけ、カーキ色の制服を着たアメリカ陸軍の黒人の下士官である。腕の徽章がそれを示している。もう一人向き合って同じ作業をしているのは、陸軍の空挺部隊ではないかと思われる小豆色のベレーを被り、モール状の肩章や胸に従軍徽章などをフル・デコレーションで飾った正装の、これも米軍の下士官である。

数えようによっては三人、と私が言ったのは、二人の軍人の間には、蛇腹型の作りのストレッチャーに載せたジュラルミンの銀色の棺が置かれており、その中にあるのは、原形をどれだけ留めているかどうかは別として、明らかに一人の人間の遺体だからである。二人はその棺の上に、充分覆えるほどの大きな星条旗をていねいにかける仕事をしている。だからそこにいるのは、やはり三人と言うべきで、深夜の静かな時と広大な空間を独占しているのであった。

恐らく間もなくこの遺体は栄誉礼を受けて、飛行機で本土の家族の元に出発する。夢にまで見た帰還の日は、こういう形になってしまった。それでも彼は故国に帰るのである。その静謐《せいひつ》そのものの光景は、見るものの胸をゆさぶらずにはおかない、これこそが報道写真の真髄だと思われるものだ。

アメリカの戦死者の遺体に対する丁重な扱い方を、私は昔調べたことがあった。まだDNAなどによる遺体の判別ができない時代である。当時すでにハワイの港の四〇番埠頭の傍には、大きなアメリカ軍のかまぼこ兵舎があって、全世界で見つかった名前の確認できないアメリカ人軍人の遺骨が集められていた。所長は日本人の形質人類学者で、そこで丹念に個人識別の作業が行われていた。

驚いたことに、遺体収容のための特殊部隊は、普段は十人以下の小隊で、隊長は当時、一九四五年生まれの少佐だった。つまり第二次大戦終結の数カ月後に生まれた純粋の戦後派が、大戦中にニューギニアなどの山にぶつかって墜落したアメリカ軍の飛行機などの残骸が発見される度に、その遺骨収集に赴いていたのである。

個人の識別は、勘でこの骨は誰々のものだろう、と判定するのではない。人間の骨のカーヴは、雲形定規と同じで、他の部分と同じ曲線は決してないという神秘を、私はその時教えられた。だから骨のかけらでも出れば、それはどこの骨だかわかる。骨の質も各人が違い、それでも同一人物の遺骨かどうかがわかる。

そのような事実を利用して、数本の骨がそれぞれ体のどこの部分の骨かを割り出せれば、身長や体重も推定できる。もし幸運にも頭蓋骨が出れば、生前の写真との二重焼《スーパーインポジション》きという方法によって、まことに科学的に識別が可能なのである。

遺体は、遺骨全部が出るわけではない場合が多い。しかしたとえ肩の骨の一部だけでも出たら、それはフル・サイズのお棺の、本来肩の骨が置かれるべき位置に、たった一片だけでも厚い脱脂綿の蒲団の上にしっかり置かれて、それで手厚く送り返されるのであった。私が感動した写真の中の戦死した米兵の遺体も、恐らくそのような形で納棺されて、間もなく帰国の途に就くのだ。その静かな静かな旅立ち直前の光景が、この写真の迫力であった。

二〇〇一年のニューヨークの同時多発テロでは、二千九百七十三人が殺された。AP通信によれば、イラクとアフガニスタンの戦争による戦死者の数が、この二千九百七十三人という数を上回ったのが、二〇〇六年九月二十二日、金曜日であった。その日に、イラク駐留のアメリカ兵の一人が、乗っていた車輛を爆破されて戦死した。二千九百七十四人目の犠牲者であった。イラクの他にもアフガニスタンの内外での死亡者が二百七十八人に達しているから、その他の土地で死亡した人を合計するとアメリカ軍の死者の数は既に三千三十人に達しているという(二〇〇六年九月二十八日現在)。

統計は、冷静にと言うべきか、冷酷にと言うべきか、どの場合も死者の数をつきつける。第二次世界大戦において、勝者であった連合国側の戦死者の数は、我々日本もぞくしていた枢軸国側、つまり敗者側の戦死者よりもはるかに多かったというのである。

あれほどの憎しみを残して、今も日本人の残虐さの証拠のように言われる真珠湾攻撃で戦死した米軍人の数は二千三百四十五人。しかし、勝ったはずの米軍も最終的には四十万人以上の戦死者を出した。

日本側の「大東亜戦争」の死者は、軍人軍属約二百十万人、一般市民が八十万人であった。そのうち、戦災による死亡者が五十万人、外地で死亡した人が三十万人という。

戦争は悪いものだ、と言うより、戦争ほど合わない仕事はなくなった、と言うべきだろう。人間の生死はとうてい数では表しきれないが、道徳的言い方をするより、数でものを言う方が強く感覚に訴えるように私は思う時がある。

イラクで戦死したアメリカ人のうち、三十四パーセントは、いわゆる一般の庶民で、彼らの一家の収入もまた最低のレベルにあった。戦死者の半分が中産階級の出で、たった十七パーセントだけが、富裕層の家庭からであった。どの階層からも戦死者は出ているのだ。しかしやはり富裕層からの死者が、極端に少ないということは、これこそ命にかかわる格差社会の存在を示しているだろう。

ブッシュのイラクに対する戦いは間違いだった、と最近になってようやく言う人々が増えた。しかしもう遅いのだ。同時多発テロの被害者を上回る戦死者と、その数十倍以上のイラク人の犠牲者を出した戦争は、民主主義をむりやりに押しつけようとした結果だった。それがどんなにイラクの風土にそぐわないことか、初めからわかっていたはずのようにみえる。

## 「醜い日本人」にならないために
### ——自らの哲学や美学を持つ

近頃の日本人はどうも醜くなったような気がする、と私の周囲の人が言う。私も時々同じように思う。しかしそう思う時には、必ず一言心の中で言い訳する声が聞こえる。「人間というものは、自分を棚にあげないと何も言えない」

どういう点が醜いのか書き出したらきりがないけれど、醜いというからには外見からわかることがほとんどだ。

東京の渋谷、新宿、池袋などのにぎやかな町では、若い人たちに洗われながら歩くことが多い。そこにあふれているのは、痩せて筋力がない貧弱な細身に、まるで制服のように同じ流行の衣服を着ている若者である。ほとんど同じ髪形をし、最近は流行の重ね着のほかに、バストのすぐ下にギャザーを寄せたセーターと「ももひき」をはいて内股でぺたりぺたりと歩く。

朝早いテレビのニュース番組には、こういう個性のない肉体と、まるで同じような髪形と服装のお嬢さんが時には四人も出てくる。四人とも必要だということは、魅力の点でもアナウンサーとしての技量の上でも、多分一人ではもたないということを局側が知っているからだろう。

ＢＢＣだってＣＮＮだって一項目のニュースを読むのは原則一人のアナウンサーで、一行読んで別の人の声に渡したりはしない。そしてその女性たちが、実にそれぞれ強烈な個性美を持っている。あらゆる男性視聴者の女性に対する好みをすべて揃えました、と言っているように見える。年増派あり、神秘派あり、モノセックス風あり、近寄ると危険派あり、肌の黒いカモシカのような肢体派あり、昔の小学校の受け持ちの女先生に対する憧れ派あり、あらゆるタイプ別に女性を揃えております、という姿勢が言下に見えている。

そこで大切なのはその人の個性であって、黒髪の日本人のくせに金髪に染めているというだけで、これは自分のない人だという判断をされても仕方がないだろう。今は少し廃《すた》れたが、破れたジーンズ・ファッションが私は嫌いだった。アフリカの貧しい青年たちは、新しいジーンズなどなかなか買えない。もし破れている流行の品と、破れていない新品とどちらでもあげるよ、と言われたら、アフリカの貧しい青年で破れたジーンズをもらいたがる人はいないだろう。他人の貧しさをファッションにして楽しむ神経に、私はどうしてもついていけないのである。

こうした無神経は日本人の素質が悪いからではなく、すべて学習の不足からくるのである。日本以外の国では、その人に対する尊敬はすべて強烈な個性の有る無しが基礎になっている。もちろんお金や権力のあるなしもその一つの尺度とはなり得るだろうが、日本では、最近全く若者に教えていない分野があることがわかった。つまり魂の高貴さということに関して教師も親も知らない上、当人も読書をしないから、損得勘定、自己愛などというもの以外に、人間を動かす情熱の存在やそれに対する畏敬《いけい》の念というものがこの世にあるのだと考えたこともないのである。

二〇〇六年八月、ＪＲ北陸線の車内で女性が暴行を受ける事件があったが、異変に気づきながら一人として暴力的な犯人に立ち向かう男性がいなかったというニュースは、まさにこうした日教組的教育の惨憺《さんたん》たる結果を表している。

もっとも私は昔から西部劇の中の男だけがならず者に立ち向かうという設定には抵抗を覚えていた。女も抵抗の戦いに、できる範囲で働けばいいのである。それが男女同権というものだ。北陸線の中でも、男女にかかわらず知恵を働かせて車掌か鉄道警察隊に知らせようとした人がいてもよかったのだ。

最近の調査によると、人生の目標に「偉くなること」をあげる若者たちの率が、日本ではアメリカや韓国に比べて著しく低いという。私にもその癖《へき》はあって、権力を志向する政治家の情熱をほとんど理解していない。しかし「偉くなること」を総理や大会社の社長になること以外に、他人のために自らの決定において死ぬことのできる人、つまり自らの美学や哲学を持つ人と定義するならば、私はそうした勇気にずっと憧れ続けた。

本当の人道的支援というものは、生命も財産もさし出せることです、と言うと、そんな損なことをする人がこの世にいるのだろうかという顔をされることも多い。それほどはずかしげもなく功利的な日本人を他国人は何と思うか、やはり教えた方がいい。

# 日本語が変った
## ——対話から消えた謙譲の気風

採用のための面接試験で、試験官の側に立ったのは、財団という組織で働くようになってからである。今では面接担当者というらしい。

実は私は採用にだけはかかわりたくない、と思っていた。そんなに長い間その組織で働くことはないと思っていたから、組織の将来を左右する人事にはタッチしないほうがいいと思っていたのだが、面接試験の採点をすることも仕事の一つだと言われて、止むなく私はその席に坐ることにした。

若い人に会うというチャンスは楽しいものなのだが、採用試験は実につまらないものであった。

理由の一つは、受験者の服装である。百パーセントがいわゆるリクルート・スーツと言われる野暮ったい事務服を着ている。

「うちだけ、リクルート・スーツを着てきたら、落とすと公表したらどうでしょう」

と私は提案してみたが、私服主義にもまた欠点がないわけではなかった。受験の日のためだけに、服を買うような弊害が出るのではないか、というのである。リクルート・スーツは一着あれば、就職した後も、イベントや葬式の手伝いなどに使える便利さがある。

しかし決められてもいないのに、常識と思われるものが一人歩きをするのが、日本人の勇気のなさを表していた。昭和天皇が亡くなられる前、数カ月にわたってご病気だった頃、陛下のお気持ちとしては国民皆が普通の生活をすることを望んでおられると発表されたにもかかわらず、娯楽は一挙に減ってしまった。芝居見物も憚《はばか》られ、温泉行きも遠慮し、つまり国民の側が勝手に「自粛」したのである。

その結果として温泉旅館などは不景気で悩んだはずで、それこそ陛下がお望みではなかったことだと思い、私はその最中に、例年行っていた障害者との年に一度の会合を予定通りに実行した記憶がある。

人と会うことの目的には心を開いて刺激のある会話を楽しむことがふくまれている。しかし採用試験にはさまざまな制約があった。個人的なことは聞いてはいけないというのである。

「お父さんは何のお仕事?」

「お兄さんはどこの大学で勉強してるの?」

というようなことも、厳密に言うと聞いてはいけないような空気だったが、私は心密かに、その禁は犯そうと思っていたので、正確かどうかわからない。父の仕事や兄弟のことも話せない、というようなこだわりの多い人は、まず組織に入っても周囲に馴染めないだろう。もちろん聞かれても「そんな質問には答えられません」と言う自由は、現代の日本社会には残されているのだから、それでいい、と私は思ったのである。

幸いなことにこちらにも少し良識はあったと思うし、受験者が皆伸び伸びとした性格だったから、面接担当者の私が非常識のゆえに厳しい対立の立場に立たされることはなかった。しかし驚いたのは、日本にかつて日本語の美しい部分として存在していた謙譲の気風が対話の中から全く消えていたことだった。

それを思い出したのは、最近の新聞の投書欄で、二十三歳の女子大学生が、就職のために「超一流銀行の集団面接を受けた」話が載っていたからである。

この女性はゼミの発表をした時のことを次のように書いている。

「最後の締めくくりとして『理路整然と話すことができた』と言った時だった。面接担当者に『理路整然と話せたから、ゼミ発表が良かったのですか』と大声で怒鳴られてしまった。面接を受けていた全員が振り向くほどの大声だった。私は緊張していたので、とっさに出た言葉だった。慌てて訂正したが、私のショックは消えなかった」

その結果この人はその後の就職活動で、怒鳴られるのがいやさに聞かれたことにしか答えられなくなり、ご飯も食べられなくなった。そして彼女は「面接担当者に、これからは温かな応対を期待したい」と言うのである。

私はその場にいないので何とも言えないが、こういう場合面接担当者は、あまり怒鳴りも怒りもしないもののような気がする。ただ内心、苦笑いを浮かべ、うんざりしたであろう。「ああまた、自信家の返答を聞いてしまった」と思うからである。

昔の日本人の言葉には、謙虚さの香気があった。確かに理路整然と何かができるということは便利かもしれないが、理路整然としてしまうと、美しくもなければ、ふくよかでもない部分ができる。人生には迷いや不透明な部分があってこそ却って真実に近づくのである。

もちろんこんな実感は十代や二十歳代のまだ経験の少ない若い人たちには、到達できない境地だろうと思う。だから昔の人は初めからノウハウとして、先輩が未熟な私たち若者に教えてくれたのだ。

「あんまりしょったようなことを言うと、笑われるのよ」

どう笑われるのか、実はわかっていなかった面もあると思う。しかしとにかく私たちは、自信を持ち過ぎることは、どうもあまり賢いことではなさそうだ、ということくらいは嗅ぎつけたのだ。

この手の受験者が悪いのではない、と私は初めて面接試験の場に坐る時に、教えられたのである。当節は皆、自分を売り込む機会を与えられて当然と思っている。そんな時にはフルに自分の美点を述べることにいささかのためらいもないように、就職試験の面接指導というものがあって、そこがこの手の売り込み方を臆面もなく教えるのである。だから、むしろこうした人たちは、教養ある会話や返答から遠ざけられるような心情の卑しい訓練を受けているのである。

試験場で、緊張のあまり上がることはよくあるだろう。私は昔から上がらなかったけれど、それは十代の終わりにはもう「申しわけありません。知りません」とか「そういうむずかしいことは、あまり考えたこともありませんでしたので」と困ったように言える訓練を積んだからである。つまり自然体を覚えたのである。

人は上がったから「理路整然と話すことができた」などと言うことはまずないはずだ。緊張すると、人間は支離滅裂になる。それがまたいいところなのだ。

こうした自己主張型の表現はアメリカが本場で、世界の主流はそうなるのだから、日本人もその手の売り込み方に馴れるべきだという説もあるが、台湾人も韓国人もそうではない話し方をする。

もっとも私は無責任な面接担当者で、知性を試す面接などやめ、男女共々グループで、女性には複数で小包の包装（紐をかけるまで）をやらせ、男性には穴掘りをさせて、その様子を見ていたら性格がわかるでしょう、と提言したこともあったが、幸いにも採用されなかった。

# 「千年に一度の災害」
## ——安心して暮らせる生活などない

　二〇一一年三月十一日午後二時四十六分に起きた地震が、近年落ち込んでいると言われる日本の凋落に、決定的な追い打ちをかけるか、それとも、長い間の物心両面の沈滞を打破するきっかけになるか、というと、私は後者に望みを託したいと感じている。

　理由は、日本人がそれに耐えうる国民だからだ。長い間の教育（人格形成の部分では、日教組的な思考の影響をかなり受けて荒廃したが）と、一九四五年以来続いた平和のおかげで、日本には地道な国力もついているからである。

　被災地で略奪も放火も、支援物資の横流れもなかったことに対しては、諸外国が素早く反応を示して賛辞を述べている。これは世界中で、先進国でもありえないすばらしいことだからである。阪神・淡路大震災の時にも略奪放火はなかった。部分的なコソ泥はあったろうが、被災民その他が、暴徒化する気配も全く示さなかった。

その理由の八割は、日本人の受けてきた教育と資質だと私は信じている。もっともそればかりというのもいささか甘いのであって、今回は略奪する店一軒現場には残されていなかったこともあろうし、日本人にはまだ政府が何とか最低限の水と食料、雨露をしのぐ屋根の下を与えてくれるだろうという確固とした信頼があるからではないかと思う。

私は小説家だから、自分の体験でものを言う他はない。

私は地震の時、神奈川県の海辺のうちにいた。地震と共に電気が止まった。この停電は県下で百二十七万戸にも及び、翌朝まで復旧しなかった。

もちろん家がつぶれなかったからでもあるが、私は全く慌てなかった。蠟燭《ろうそく》もある。電池の予備を入れると五百時間以上は保つはずのランタンもあり、いざという時、飲料水の煮沸をできるだけの、普段はすき焼きをする時に使っていたガス・コンロに、予備の燃料ボンベも十本以上持っていた。水は屋外タンクに二百リッターは貯水してあるシステムだった。

東京の家に帰ると、私の普段からの準備はさらに完全だった。水はペットボトルに二百本以上の備蓄がある。一人一個ずつの寝袋も、食料の備蓄もあった。

大東亜戦争中の空爆や貧困が私を訓練した第一の機会であった。そこで私たちはどんな急激な運命の変化にも危険にも耐えるように心身を訓練されたのだ、と異口同音に私と同じ世代は言う。

私にとっての第二の教育の機会だったのは、サハラ縦断行だった。もう五十歳を過ぎていたが、そこで私は原始で暮らすこと、原始を謙虚に受け入れる姿勢を習った。

もう古い本だが、スイスの連邦法務警察省発行の『民間防衛』という本が、国民皆兵で常に近隣国からの侵略を意識している国家の日常生活を教えてくれたこともある。国民は常に備蓄の義務を持っていた。

「乾パン、チーズ、ビスケット、肉、魚や果物の缶詰、干肉、チョコレート、インスタント・コーヒー、紅茶、乾燥果実、一人当たり一日二リットルの飲料水、雑用のための水一日二リットルなど」

「着替え、放射能よけ手袋、毛布寝袋、懐中電灯と電池、裁縫用具、紐、安全ピン、蠟燭、マッチ、キャンプ用飯盒、ナイフ、水筒、ラジオと予備電池など」

その他一人当たりの必要物資として、

「砂糖二キロ、食用油二キロ、米一キロ、めん類一キロ」

補足的な必要物資として、

「小麦粉、片栗粉、豆類、ココア、インスタント・スープ、石鹸、洗剤、燃料など」

地震と同時に私の中で古い怒りを増加させたのは、政治家が、「皆さまが、安心して暮らせる生活」を保証すると選挙の時に恥ずかしげもなく大声を張り上げ、それを聞いている選挙民もまた、いい年をした経験豊かな老世代まで、「安心して暮らせる老後」などというあり得ないものを期待したことであった。

あの言葉はもともと詐欺なのである。何十年も生きてきて「安心して暮らせる生活などない」ことをどうして日本人は気づかなかったのか。

また私は前原元国交相時代にいったんは決定された八ッ場《やんば》ダム建設中断の判断にも改めて怒りを覚えた。あの時、誰がどう言ったかは私の手元には記録がないけれど、つまりあんなダムは、差し当たって必要ない、ということであった。近年の日本の経済が縮み加減であることを見ても電気の必要量は減りつつあるし、何百年に一度の干ばつや出水のための考慮をすることはない、という論理であった。

しかし今回の地震後二日で早くも「千年に一度の」という言葉が災害の言い訳に使われ始めた。こんなに早く千年に一度の機会に、私は自分が遭遇するとは思わなかった。私はもう老年だから、千年に一度の体験などせずに死んでいけるつもりであった。こんなに早くその時が来るなら、それは「十年に一度」くらいと言うべきだったろう。

別に前原氏だけが特に浅慮だったわけではないだろう。ただ人は誰でもそれほどに、未来を見抜く力がないものなのだ。その共通の運命を、前原氏も若い世代も思い上がって自覚しなかっただけなのだろうと思う。

水と電気はどれほどの力を持つものか、日本人は理解していなかった。世界でもトップと言っていい組織的なインフラの力を持つ日本社会では、それらは当然のように安定して供給され続けていたから、それが稀有の贅沢だなどと思う人はほとんどいなかった。

私はそのことを、子供時代には戦争から、近年はアフリカから教えられ続けて生きていた。アフリカの田舎は恒常的に「星あかり」で暮らす生活である。しかし都市部で薄暗い電気のあるところでも、停電はつきものだった。

突如として電気が止まり、瞼の裏に貼りつくような真の闇に襲われた時、やっと日本人はカバンの中に懐中電灯があることを思いだす。しかし旅先の暗闇で荷物から懐中電灯を見つけ出すことはほとんど不可能なのだ。

清潔な飲める水を得ることもまた、通常は望めない贅沢な暮らしといえる。今回も日本の救援組織は、かなり素早くペットボトル入りの水を被災者に配ったと思われる。しかしもしそれがなければ、すぐにコレラ、チフスなどの細菌性の感染症は蔓延する。その時、患者全員に輸液が可能でなければ、今でも人は簡単に死ぬのである。

過去の戦争と、文明から遠く離れた荒野と、現代社会から取り残された貧しい暮らしに訓練され続けて生きてきたから、私は東日本大震災までの日本を、天国だと言い続けてきた。しかしそのような日本を、格差のひどい社会だと言った政治家や学者が現にいたのもほんとうだ。

たった一回の地震で、日本の誇るあらゆる施設も物自体もそして当然その結果としての制度や産業も、部分的にだが消失した。どんな事故も、一瞬にして万単位の人を消し去ることはできない。私たちは千年に一度の災害を体験し、その現実を教えられたのである。

今回（我が家もその一例だが）、あちこちで古い建物は微細な変化もなく済み、プレハブ住宅には亀裂や狂いが生じた事実が出ている。業界はそれを重く見なければならない。われわれの祖先である仕事師たちは、自然と相対しながら自然に学び、手を抜かず、自ら働いて自然の脅威と妥協する手段を学んだ。

同じようにもし謙虚に今回の危機に学んで、浮わついた生活から離れ、忍耐と技術を学ぶ世代が出れば、日本はさらに伸びるだろう。冒頭で述べたように、日本人は、本来は忍耐心も研究心も充分にある民族なのだ。地震が近年眠りこけていた日本人の怠惰で甘やかされた精神を揺り動かしてくれれば、多くの死者たちの霊も少しは慰められるかと思うのである。

## 山野に住んで
### ——あくまで大切なのは人間の暮らし

東京から車で一時間ちょっとで行ける三浦半島の海岸の農地を分けてもらって家を建て、私が週末の日々を過ごすようになったのはもう五十年ほど前のことだが、そこで私は実に多くのことを学んだ。畑のまねごともそこで覚えたのだが、鍬《くわ》を使うのは今でもうまくないし、両足に骨折をしてからは、農作業に当然必要な足の屈伸が一番苦手になった。しかしその土地で一年のうちの数週間を過ごすことで、私は作品も書いたし、畑の作物についての知識も都会育ちにしてはかなり持つようになった。

人間は自然の脅威の前には、ほんとうに弱いものである。

世界のスターやセレブと呼ばれる人たちの多くは、自分のうちの別荘のテラスから直にボートに乗れるような水際にすてきな別荘を作ることに憧れるが、私はそういう感覚になれたことが一度もなかった。通常フナムシと呼ばれるゴキブリに似た海辺の虫が、その体の平ったいことを利用して押し入れや引き出しの中にまで侵入し、そこで死んで干物になるのを恐れて、海の傍に家を作る時にも、海面とあまり高度の差のない土地は避けた。

それでも自然の中では動物との対立は起こる。トンビは家の前に停めておいてある自動車の屋根にウンコをし、今年は信じがたいほど生《な》り年だったミカンを狸が食べ散らす。納屋の漬け物桶の下にマムシが潜んでいたこともあり、それをカマで切り殺した勇敢な老女が死骸を海目掛けて捨てたら、海面に落ちる前にトンビがさらっていったこともある。トンビにすれば、たぶん鰻の蒲焼が天から降ってきたと思ったのだ。

引っ越してきてしばらくは、私の家だけしかその辺に建っていなかったので、ハンターたちがたくさん入っていた。私は畑にしゃがんでいると、自分が撃ち殺されるのではないか、と恐れたこともあったが、そのうちにあたりは禁猟区になったらしく、狩人の姿は見えなくなった。しかしそれと同時にあたりは鳥獣が我が物顔に振る舞う空間になり、農家の人たちも農作物の被害を蒙《こうむ》るようになったと思われる。この動物にとっての安全空間設定、人間の大好きな言葉で言えば動物たちが「安心して暮らせる」土地を作ることで、トンビやカラスは農作物の若い芽を遊びで引き抜き、野兎も狸もハクビシンも芋や果物を心おきなく食べ荒らすようになった。

それを知らないではないだろうに、環境省という役所は、動物と自然を守るという名の下に放置するだけで、経済のかかった人間の営みを守ってやらない。

私の住む土地にはまだ猿がいないから救われているが、猿が出だしたら農業は壊滅的だ。いつか東京都下の辺鄙《へんぴ》な山奥の民宿に泊まって、そこの奥さんに「野菜はこちらでお作りになっているんでしょう?」と聞いたら、「いいえ全部、近くで買っています」という答えに驚いた。初めの頃は当然、野菜も庭先の畑で作ってその新鮮さを売りにするつもりだった。ところが、うちと同じに、と言いたいがもっと激しく、狸、兎はもちろん猪から猿まで出るようになり、これで状況は決定的に絶望的になった。

明日くらいがちょうど食べ時と思われる莢豌豆《さやえんどう》など、その朝、夜明け前に猿に全部食べられてしまう。それで「野菜作りは一切やめました」という。これが一国の環境省の守る政策なのだろうか。

動物を守り、自然環境をそのまま保つ、ということはそんなに簡単にできることではない。なぜなら、人間の多かれ少なかれ社会性を持つ生活は、どこかで異質の文化や価値観と対立せざるをえないからだ。

我が家の被害もひどくなりかけの頃だった。たかがトンビとカラスと言いたいところだが、野菜でも花でも、明らかに遊びで芽を引き抜く。植木鉢の底に敷いた白い貝殻はつまんで捨ててしまう。忙しくて手がまわらなくなった私のために、ブラジルの日系人の夫婦が手伝ってくれるようになった。

その頃の記憶だ。私はトンビが数羽、垂れ下がったカナリー椰子の枯葉の先に、数秒ずつ嘴《くちばし》でぶら下がるというゲームをしているのを、ソファにひっくりかえってずっと眺めていたことがある。まるでオリンピックの競技のように、トンビたちは架空の規則を決めて、それを競技に用いる能力さえあることに感心したのである。

人間と鳥獣が、同じ空間を共有し、共存するというのは実はかなりむずかしい。こういう場合常に、獣が人間によって自然から追い立てられて、町や村に移動してきたという言い方がされるが、私は人間と鳥獣が同権の下に暮らしていいとは初めから思っていない。あくまで人間の暮らしが主で、同時に動物の種の保護を計る配慮が要る、と順序立てて考えるべきだと思っている。

私の家にいた日系ブラジル人は、「日本というのはどうしてこんなことにずっと困ってるんですか。農地と住宅地の部分に侵入してきた野生動物は、侵入してきた個体だけ、猟銃で撃てば解決することなのに。南米じゃ皆そうして折り合いをつけてますけどね」と言っていた。

私はこの頃よくアジアやアフリカなどの野獣の生態を記録したテレビを見ているが、この折り合いということは実に大切だ。村に出てきた人食いトラやライオンは、撃たなければならない。しかしそれらの種を絶滅させてはいけない。その頭数を守ることも自然保護だ。しかし時々この評価の重さの比重が狂うことがある。あくまで大切なのは人間の暮らしだということを認識していなければならないのだが、目下の日本では、人間の生活より動物の生存を可能にしていれば、自然保護の立場からも動物愛護の見地からも文句を言われないので、役所はその安易な評判を守るために、現実には人間を守らないという愚策を少しも改めようとはしないのである。

すべての人間や組織の機能が充分に伸びるためには保護政策だけではだめで、厳しい競争によってたくましくならなければならないという原則も最近では忘れられがちだ。震災後の後片付けもまだ完全に終わらないうちから、新しい工夫・発明がたくさん出てきたのに私はびっくりしている。太陽光を利用したエネルギー開発でも、こんなに皆が熱心になるなら、なぜ原発が壊滅的損害を社会に与える前にそれを推し進めなかったのかと思うが、人間というものは原則として必要に迫られなければ決して熱心にそれをしないのだ。

その論理で、私はTPP加盟にも賛成だったのだが、そのためには農民の基本的な暮らしは守らねばならない。しかし役所や大きな会社の組織は、新しい仕事や仕組みに着手するより、現状維持を最上の知恵と思う人が多いから、この手の農民苛《いじ》めは平気で放置されることになるのだろう。

## お召し列車、後退せず
### ——日本的心情と配慮で成り立つ皇室の警護

さいたま市の鉄道博物館で、二〇一〇年十月九日から「御料車〜知られざる美術品」という特別展が開館三周年特別企画展として開かれた。

御料車とは、もちろん天皇皇后両陛下がお乗りになる特別列車の車輛のことである。今では新幹線をお使いになることもあるようだが、昔は、もっぱらこうした御料車で、原宿駅の傍の特別な駅からお発ちと聞かされていた。

この御料車はその内装の美しさでも、眼を惹く。明治、大正、昭和を代表する工芸家や画家が製作した美術工芸品が集っている。漆、絹、織り、彫刻、絵画、刺繡の傑作を集めた絢爛豪華な世界だ。

私は一九六七年一月号の「別冊小説現代」という雑誌に「お召し列車、後退せず」という短編を書き、その後「幸吉の行燈《あんどん》」と改題した。大分昔のことで、当時私がどのような資料で調べたのかさえわからなくなっている。そこで、「週刊ポスト」の編集部が忙しい中から、わざわざ国会図書館まで資料を調べに行ってくれた。

舞子駅で明治天皇の乗られたお召し列車にちょっとした運転上の不都合があったことは史実だが、当時の機関手だった一家の上にどのような運命をもたらしたかはもちろん私の創作である。ただお召し列車が舞子駅を出発する際に、うまく走り出せずに二度ほど後退したことは、当時の新聞にも掲載されている。

言うまでもなく、お召し列車は、入念な点検用意の元に整えられていた。私は小説で書いている。

「大元帥陛下には、九日午前十時四十分、東京御発輦《はつれん》、特別大演習と観艦式御統監御親閲の為、奈良、兵庫県下へ行幸中であった。十五日は、午前十時三十分奈良駅御発輦、午後二時、舞子有栖川宮御別邸前に御到着。陛下の御下車が終ると、宮廷列車車輛は一旦明石駅まで運転し、上り線に移して兵庫に廻送。同駅で御還幸まで保管という状態であった」

お召し列車は七輛編成。機関車のすぐ後が鉄道職員用の客車、その後に二輛の供奉車《ぐぶ》、玉車、供奉車二輛、職員用客車という順だ。機関車内の配置は、左に機関手、右に火夫。その後に予備の機関手と技師である運転監督が乗務した。

彼らは聖上乗御の間は、一瞬たりとも玉顔を拝する機会はなかった。彼らはひたすら機関車の内部にいて外を見ることはなかった。機関車は二十四時間前に火を入れると、前後に二本ずつ積み重ねた枕木をレールの上に置き、その上にカンテラを二個ずつ灯して不寝番がついた。

小説の中の機関手は、晴れの日が近づくと、毎晩のように夢の中で精一杯真空制動機のコックをひねっていた。それでもお召し列車が定位置に止まらないという悪夢を見る。舞子駅ではお踏み段をつける。京都駅ではホームに赤絨毯が敷かれていた。御料車の出入り口とそれらの距離に狂いがあってはならなかった。

当時の動力はまだ蒸気機関に石炭を入れて焚くものだったので、火夫はこの二週間ほど、背骨も折れんばかり投炭の練習を繰り返していた。掃除夫たちは何日もかかって機関車を磨き上げた。その一番前には、三米《メートル》六十六糎《センチ》の高さに交差させた日の丸が風にはためいていた。

発車の合図は供奉の作業局長官が、宮内省の係官と連絡の上、駅長に指示する。その日、機関手は静かに前進のレバーを引いた。しかし手応えは途中で消えた。蒸気はすでに充分に上がっている。機関手はもう一度同じ動作を繰り返したが、依然として手応えはなかった。機関手は仕方なく、レバーを逆に取って後退する。

「列車はガチャガチャと機関手の許すべからざる粗暴な運転を責めてあちこちで鳴った」

機関手はその時、二度後退し、四度前進をかけた後で、外にいた人に聞く。

「ロッドは、どないなっとりますか?」

彼の勘ははずれていなかった。機関車の一方の側の動輪クランクとサイドロッドとコネクチングロッドが、その時、完全に一直線になっていたのである。

不運な偶然としか言えないデッドセンターの状態にあっても、本来なら強くレバーを引けば、出足はつくものであった。しかしお召し列車ではそのような荒っぽい運転は許されない。腫れ物にさわるようにレバーを引くだけでは、列車は動かなかったのである。しかも不運は重なるもので、機関車は百分の一の上り勾配にあった。玉車の位置を先に決めるとそうなったのである。人々はピンチバーを持って走ってくる。それで動輪をこじって、僅かながら移動させたのである。

しかしこれは大きな社会問題になった。陛下からは既にお召し列車内において「心配せぬよう」とのご沙汰があった。しかし当時、「お召し列車、後退せず」という不文律があった。「大元帥陛下が、後へ引かれるということはあり得ない」からであった。悲劇はそこから起きた。

そういう時代だったのだ。私の小説の中の機関手も、心から陛下のお召し列車を運転できることを光栄に思い喜んだのであった。しかし世間の風当たりは、聖慮とは別の形で動いた。

現在の皇室の警護は、すばらしい日本的心情と配慮の接点で成り立っているように見える。両陛下は、常に国民と共にありたい、というお心から、警備はできるだけ軽くするように、と昔から言われていた。まだ皇太子ご夫妻の時代に、信号機のある交差点では御料車も赤信号で停まる、とおっしゃっていたような記憶もある。しかしそれでは、警備がより多くの神経を使うことになる。

一度私は両陛下が来られる建物の外に待機していた一般の車輌の運転手さんと話す機会があった。

「びっくりしましたねぇ。たくさんの警察官が警備してたんですけど、両陛下がおでましの時になると、急に数が減るんですよ。それとなく身を隠してるんです」

ずっと昔皇后陛下は、両陛下共早めに予定を立て、その予定を変更しないのが、関係者に一番面倒をかけないことです、という意味の話をされたこともある。

どこの国でも、権力や富が、その国の文化の水準を引き上げる働きをするのは確実である。しかも日本では、長年その権力や富を独占し、私物化する人がいなかったという稀有な状態だったのである。

## 職人の静かな眼
### ——不運を幸運に変質させる技術を磨く

二〇〇八年末から翌年にかけてのリーマンショックのあおりを受けて暗澹《あんたん》としている人は、決してその状況を自分にとっていいものだとは思えないだろうけれど、実は逆境こそ人を作る好機だということは、昔から自明の理なのである。

小説家は一応華やかな職業と言われているが、実はその文学の才能を伸ばす土壌は、悲しみや不遇であるという原則もまた、変わってはいないし、成功の秘密は才能というより、数年間かかって一つの作品をしあげるという辛抱ができるかどうかにかかっているように思う。

私はしばしばアフリカなどの貧しい国々を訪ねて、国家というものには、次の三種類があると感じるようになった。
政治的国家（親分国家）＝アメリカ、ロシアなど
経済的国家（商人国家）＝中国、シンガポールなど
技術的国家（職人国家）＝日本、ドイツなど

どう考えても日本は、外交も下手だし、技術国家以上の器ではないように思う。しかし桁《けた》外れの繁栄は望めなくても、職人として律儀に働いていれば、国家としての運命も決して悪いわけがない。アフリカには小さな親分国家はあちこちにあるが、職人国家など一国もない。それが貧しさの原因である。

派遣で仕事をしていた人たちは、日本が隆盛な時代には、かなりいい収入を得ていた。しかしいざとなると、企業は自国民でプロの働き手だけを手元に残し、派遣で来ていた外国人やアマチュアを切った。これも当然のことだと私は思う。

小説家は、とにかく文章を書くプロである。私が五十年間に書いた原稿は、十二万枚以上になるだろう。それだけ書けば、どんな人でも文章を書くことが楽になる。

農業も、工業も、徒弟的な修業時代を経て、一人前になる。思いなしか、この不況以

来、テレビの番組でも、長い年月、一つのことに打ち込んできたプロの紹介番組が多くなった。ほんとうにいいことだと思う。職人国家の論理には、特権階級意識がない。誰でも、その道にうちこむ人が業の跡継ぎになる。

私はアメリカのような世界のリーダー国家になる道に、幸せを感じない。職人国家の静かな矜持に満ちた暮らしの充実に、むしろ平安を感じる。これは私が女で勇気に欠けているからかもしれないが……。人があらゆる機会をとらえて、自省するのはすばらしいことだ。不運を幸運に変質させる技術において、日本は勝ち抜かねばならないのである。

# 第三章　国を捨てる、ということ

# 国を捨てる、ということ

## ——与える光栄と義務、慈悲の思いを忘れない

日本人が難民問題についてやや広く考えるようになったのは、大きな変化だと私は思っている。島国日本は今まで流入してくる難民などに、ほとんど触れることがなかった。恐らくリビアなどから最短距離のシシリー島に向けて、船に乗ろうとしたアフリカ各地からの難民が、悪質な業者によって高額の船賃を要求されたあげく、家畜並みにオンボロ漁船に詰め込まれて運ばれる映像と似た光景が、毎日のようにテレビに映しだされたからかもしれない。それでも陸地につけばいい方で、荒れた海に放り出されて死亡する事件も後を絶たなかったという。

東南アジアでは、ミャンマーの辺境に住む少数民族のロヒンギャと呼ばれる人たちが、

やはり政治的苦境を逃れようとしてフィリピンなどに流れ着いた悲惨なニュースもあった。報道写真で見るところ、彼らは私物らしいものは何もなく、ズボンとシャツだけの着たきり雀で船底に詰め込まれて坐っている。

日本では台風や大震災などの被害に遭うと、その夜は近くの鉄筋コンクリート建ての避難所に行くのが近年の常識だ。そこなら倒壊の危険性もなく、雨漏りもない。間もなく飲み水と簡単な食料くらいは配られる。毛布も与えられるのかもしれない。受け入れる病院が足りなくて、たらい回しにされているうちに死亡した高齢者もいるというが、彼らはバスで運ばれていた。アフリカなどの難民と比べると、雲泥の差だ。

中近東、アフリカの難民の多くは部族抗争の犠牲者である。長い目で見れば、国家的貧困の犠牲者でもある。生まれた村の家を捨てなければならない場合でも、どこへ逃げたらいいかなどという情報は全くない。そもそも電気がないから、テレビともラジオとも縁のない村だっていくらでもあるし、字が読めないから新聞など見たこともない人々も多い。

危険を察知すると彼らは本能的に少しでも安全と思われる方向へ逃げ出す。洗濯用のたらいに、鍋釜と当座の食料、わずかな衣類を入れて頭に乗せ、子供をおぶって闇雲に逃げ出す。

アフリカでも自然は決して優しくない。南アフリカ共和国には、南北に数百キロメートルと言われる自然保護区がある。別に国境にも自然保護区にも、塀や柵があるわけではないから、人々は安全と思われる静かな森に逃げ込む。それでいつのまにか自然保護区に入ったことになり、ライオンなど捕食動物の餌食になることもあったという。

「ナショナルジオグラフィック」というグラビア雑誌は、二〇一三年十二月号で、ポール・サロペックの記事とジョン・スタンマイヤーの写真で、「人類の旅路を歩く」というすばらしいルポルタージュを掲載した。

今からおよそ六万年前、我々の先祖であるホモ・サピエンスのうちのわずか数百人が、今のジブチの背後に拡がるエチオピアの大地溝帯の荒野から「世界を発見する旅に出発した」と同誌は書いている。しかしそんなおだやかなものではなかったろう。私はジブチとエチオピアの、乾いた塩湖や塩の吹いた不機嫌な荒野に立った時、恐らく六万年前の人の中にも、もうこんな土地にはいられないと感じて、歩き出した一群がいたのだという実感を持てた。彼らはジブチの近くから、アラビア半島へ海を渡り、タジキスタン、インド、中国、ロシアを経て、海路アメリカ大陸のアラスカに辿り着き、そこから信じられないことに、実に南米大陸の先端、チリのティエラ・デル・フエゴの先っぽまで到達した。もちろんこの間に二千五百世代がかかっているというから、五万年くらいは確実にかかったのだ。

だから現代の多くの白人、ヒスパニック系の人たちにはアフリカ人のＤＮＡが混じっていても不思議はない。

六万年前のアフリカ人が恐らく難民の第一号だと言えるだろう。「ナショナルジオグラフィック」誌は、今日でも、このルートで力つきて死んでいる何十体もの遺体が、荒野に放置されている写真を載せている。ミイラ化した顔は微かに面影を留める程度、胸の肉は残っているが、手足は野獣に食べられたのか白骨化して、腰の部分だけをぼろぼろになった衣類が覆っている。人間の暮らしの基本は難民で、こうして行き倒れた人もたくさんいたのだ。

だれが住み慣れた土地を離れたいものだろう。私の知人たちで長年外国で暮らした人たちは、おかしいほど日本食を食べたがる。いつか南米で働いている知人のカトリックの神父が、医療の技術のいい日本に帰ってきて手術を受けた。少し回復期に入った頃、私が、「でも病院のご飯は、やっぱりおいしくないでしょう」と言うと神父は、「そんなことないよ。毎日和食だからね。それだけでごちそうだよ」と答えたのである。「それでも故郷を捨てねばならなかった人たち」が、現在でもこうして世界の各地にいる。村にいれば砲弾が落ちてくるから、生きていられる保証がない。どこででも、とにかく生きていられればいいと考えて故国を捨てるのである。

私は今の日本のことを、「こんな悪い国」「格差のひどい国」と言う人が許せない。「こんなひどい国」ならさっさと日本を捨てて出て行って欲しい。国を捨てて外国に逃げたい人がたくさんいて、それを国家が許さない国は多くあるが、日本は国を出る自国民を決して止めない。言葉を換えて言えば、その国民が自国を捨てたがるかどうかで、その国がいい国かどうか自然に答えが出ている。

持つ人と、持たない人がいたら、幸運な持つ人が、そのうちのいくばくかを持たない人に差し出すのが自然だ。それが人間というものだろう。しかし今の日本人はもらうことばかり要求していて、与える光栄と義務を忘れている。慈悲の思いがなければ、人間の魅力もない。かなりのお金か、労力か、時には身の危険さえ差し出す決意のある人だけが、ほんとうに難民を助ける人と言える。

## 難民受け入れは時期尚早
### ――理念だけの平和主義や人道主義

シリア難民のニュースを見るたび、頭を悩ませている。

二〇一五年九月末、安倍晋三首相が国連総会の一般討論演説で、シリアやイラクの難民問題解決のため、九百七十億円に上る支援を表明した。しかし、安倍首相は難民の受け入れについては言及することなく、

「人口問題として申し上げれば、我々は移民を受け入れる前に、女性の活躍であり、高齢者の活躍であり、出生率を上げていくにはまだまだ打つべき手がある」

と語ったのである。

安倍総理のこの発言に、国内外で批判が集まったという。海外ではロイター通信が

「安倍首相、シリア難民受け入れより国内問題解決が先」と報じ、国内でも日経新聞が「日本も他人ごとでは済まない」と書いた。

「日本も難民を受け入れるべきだ」と批判するのはたやすい。私個人の考えを言えば、移民を受け入れたいと思う。しかし、もし、私が仮に総理の立場であったとしても、それは簡単に発言できることではない。難民の受け入れに対し、国民に湧き上がるような動機がなければ、到底支持を得られないだろう。

難民の受け入れは、生半可な覚悟ではできない大事業である。住居、食料や水の確保、医療支援、感染症予防対策、学校、雇用の創出、警察、保険制度の拡充、宗教施設の増設など、お金のかかることばかりだ。難民受け入れで、先だつものはお金である。それを考えれば、安倍首相の表明した経済支援は無駄ではない。

シリアの内戦が始まって以来、戦禍を逃れて国外に退避したシリアの難民は二〇一五年七月現在四百万人以上に上るという。そのうちの九割がトルコ、レバノン、ヨルダン、イラクなどのシリアの周辺国、そしてエジプトをはじめとする北アフリカに避難している。欧州に逃れた難民は、四百万人のうちの一割に満たないが、ドイツに九万八千人、スウェーデンに六万四千人、オーストリアに一万八千人、イギリスに七千人の難民が流れ込み、今後新たな難民の受け入れが困難になりつつある。

ヨーロッパはそれぞれの時代に、ある時は東ヨーロッパから、ある時はアフリカからの難民を受け入れ、時に様々な不都合を経験してきた。だから、ヨーロッパは難民の受け入れについて知恵も経験もあるだろう。対して日本は大洋の中の島国であることから、この種の苦労に鈍感である。だから、現実にもぶつからず、理念だけで平和主義や人道主義を唱えていることもできる。

日本人にとって難民は「かわいそうないじらしい人々」である。何もしない人ほど、「日本は難民の受け入れが少ない。ただちに受け入れるべきだ」と安易に発言したり、ボランティア活動をする人に対して「ほんの一部の人を救って、他に取り残されている人がいるのに、その人たちのことを気の毒と思わないのですか」と責めたりする傾向があるように思われる。しかし、アメリカの大統領でも、世界一の大富豪でも、世界中の難民を救うことはできない。

日本人の多くが、難民の実態についてあまり知らず、異文化に無理解のままだ。移民受け入れの是非の前に、日本人がもっと難民を知らねばならないのではないか。

緒方貞子さんが、国連難民高等弁務官を務めておられた頃、私は取材記者としてアフリカのジンバブエ、スワジランド、モザンビーク、南アフリカ共和国などの国々に同行し、アフリカの難民キャンプの実態を目の当たりにした。一九九四年のことである。

アフリカの難民は持てるだけの家財道具を持って逃げる。鍋釜、たらい、鎌などの簡単な農耕器具、着替え、毛布、ポリタンク、水を入れたヤギの皮袋などである。それらが移転先の難民生活を支える必需品なのだ。牛車や駱駝《らくだ》で逃げられるような少し裕福な難民はさらに、食料、燃料の薪、石を三個持って逃げる。石三個を置けば、それがカマドになり、そこで煮炊きをする。砂漠には石などない。石が三個ありさえすれば、どこでもそれを置き、鍋を置く簡易的なカマドができるのである。

東日本大震災では、被災者が、政府の避難勧告がなかった、或いはその遅れによって犠牲者が増えたと政府を非難した。実際、政府の初動対応の遅れから、福島第一原発の周辺地域に避難勧告が出されたが、避難区域に取り残された病院の高齢者や患者が、搬送先も決まらぬまま、たらい回しにされ、亡くなった方もいる。未曾有の天災により、甚大な被害が出た被災者たちが、政府を非難する気持ちもよく分かる。

しかし、アフリカの難民たちは、危険が迫っても政府組織や機関から、退避命令を受けることもできない。電気もない土地では、そもそも情報そのものもなく、情報の伝達手段もない。彼らは混乱や混沌の暗闇の中を、本能の赴くままに逃げ惑うのである。国境近くには原生林が覆い、道なき道を延々と歩かねばならないところもある。隣国にたどり着いたとしても、野獣保護のため自然保護区域に指定された国立公園に迷い込み、ライオンや豹の餌食になった人もいると聞く。彼ら難民にしてみれば、被災者であっても、情報や避難指示を出す政府があり、食料や水が避難所に配られる日本人を羨むだろう。

私が訪ねた難民キャンプにある難民小屋は、雨露を凌ぐ屋根と、隙間風の通る壁だけのシェルターもあった。大体難民ひとりあたり一メートル×二メートルの広さのひと間があてがわれる。子どもはその半分の面積で計算されると決まっていた。

難民小屋は、それぞれの台所や風呂場、トイレ、押入れなどは何もない。手足を伸ばして寝るだけの土間である。トイレは二軒に一つずつあればいいほうだ。むろん、そのトイレも掘った穴の周囲を葦簀《よしず》のようなもので囲っただけで、上下水道が整っているわけではない。

砂漠周辺のテント生活は、昼は耐え難いほど暑く、夜は驚くほど冷え込む土地もある。昼、温度計はゆうに三十五度を越え、夜は、十度を下回る。入浴もままならず、付近の空き地は汚物だらけになる。

そのような状態であっても、難民の受け入れ国では、国連難民高等弁務官事務所が作った難民キャンプよりも、その周辺に暮らす家々のほうが貧しいことがしばしばある。地元民は援助の燃料や食料が不足してもそのままだが難民キャンプには配られるので、むしろ優遇されていると、その差が問題になることもある。

難民の多くは、生まれ落ちた国の事情で、気の毒な運命に翻弄され、やむなく難民になった人たちだが、難民になったほうが飢えることがないから、自ら進んで難民認定を得る狡い人もいる。

何十年にもわたって難民認定を受けて暮らし、キャンプの外で働き、お金を貯めるのだ。また、高利貸しから逃れるために難民に紛れ込む者もいる。そして、難民を生業とする「難民業」とでも呼ぶべき身分が発生する。

日本では、二〇一五年九月の時点で約六十人のシリア人が難民申請をしているが、日本政府が難民と認定したのは三人にとどまっている。数字を聞けば、確かに少なく感じられる。その前年は、難民申請数が五千に達したが、認定数はわずか十一人であった。ただ、その難民申請を得ようとする者は、難民申請の最中には強制退去させられないことを知って、申請をはねられても繰り返し申請する者もいると聞く。また「難民業」として、申請する者もいるという。単純に「難民認定が少ない」と批判するのも実状を知らない結果かもしれない。

日本人は、異なった生い立ち、宗教、文化、そして外見を持って育った人々が、共に暮らすことの難しさを知らない。

以前私は産経新聞のコラムで、「もう二十〜三十年も前に南アフリカ共和国の実情を知って以来、私は、居住区だけは、白人、アジア人、黒人というふうに分けて住む方がいい、と思うようになった」と書いた。それは、異なった生い立ちや文化的背景を持つ者との共棲の困難さを書いたものだったが、朝日新聞が「アパルトヘイト（人種隔離政策）を許容している」と書きたてた。

私はアパルトヘイトのような罰則を伴うような強制的な人種隔離政策を取るべきなどとは一文字も書いていない。アパルトヘイトには、白人居住区に黒人が、黒人居住区に白人が入った場合に厳しい罰則があった。このような非人道的な居住政策を今の時代に薦めるはずもなく、事実上不可能なことである。

私たちは、人種を超えて、あらゆることを共にすることができる。学問、事業、スポーツ、娯楽。ただ居住だけは、食物の宗教的な違い、衛生感覚、家族観に至るまで、それぞれに違い、時にそれが日常の摩擦を生む。だからこそ、居住環境はそれぞれの価値観が近しいもの同士が共にしても良いのではないかと考えたのである。私の念頭にあったのは、民族やコミュニティがゆるやかに分かれて生活している居住環境であった。

例えば、シンガポールでは、インド系のヒンズー教徒が住まうリトル・インディアやマレー系のイスラム教徒が集まるアラブ・ストリート、中国人が住むチャイナ・タウンといったように、ゆるやかに居住空間が分かれている。

単純に、住まいが分かれているだけではない。リトル・インディアではヒンズー教寺院を中心に、インドのスパイス、衣類、雑貨を扱った店やインド料理店があり、そこに住めばインドにいるように一通りの生活用品が揃う。だからといって、他の宗教に対して排他的ということもないし、私たちはそこへインド料理を食べに行ったり、買い物をしに行く。シンガポールのヒンズー教徒や仏教徒、クリスチャンは、イスラム教徒のモスクの建設のために寄付をしている。異文化に対し寛大な共生（棲）の仕方を知っているのだ。

そこに住まう人々が使う宗教施設や、教育施設を作り、自然に同じ宗教観、文化観、食習慣、家族観の者同士が、居心地の良いコミュニティを形成する形になれば、「分かれて住む」ことは悪ではない。そしてそれは世界中の大都市にある。

日本ではハラルもコーシャも知らない人が多い。ハラルは、イスラム教の教義に基づいて作られた食事規定、コーシャはユダヤ教の教義にのっとって作られた食事規定である。食の禁忌は日本人が考えている以上に厳密なものだ。例えば肉類がハラル認定を得るためには、餌からイスラム教の教えにのっとり、屠畜はイスラム教徒が決められた手法に沿って行わなければならない。ユダヤ教でも血を食することは禁忌のため、完全に血を抜いてから解体処理を行うらしい。こうした食文化の違いから、豚肉も食する日本人はイスラム教徒やユダヤ教徒と同じ包丁やまな板を使うことはできないのである。

日本人はこうした世界では常識になっている基礎的な知識さえ持ち合わせていない。

日本財団に勤めていた時、インドのチェンナイで海上保安庁関係者の会議が開かれ、海上保安庁の主催によるアジア各国の沿岸警備隊を招いたパーティに参加した。料理には、おでんが出ていたが、招待客が私のところに来ては「これは何のお料理ですか？」と聞く。なぜだろうと思って見てみると、「ノービーフ、ノーポーク」（牛や豚は使われていません）の表記がない。ヒンズー教徒やイスラム教徒の人たちは、食べていいものか分からなかったのである。チェンナイ市の有名ホテルが準備した料理には、ちゃんと「牛肉や豚肉は使っていません」という表記がある。日本の食に関する禁忌の無理解があったのだ。

シリア難民について、アメリカやオーストラリア、ニュージーランド、ブラジルは受け入れを表明しているが、それは多国籍で多様な文化を受容する国ばかりである。日本人のように「精神や文化の雑居」に慣れない純粋な人々が、何の準備もなく難民を受け入れたら慣れない「不都合」の連続に悩まされるであろう。それは日本に逃れてきた難民にとっても不都合なことに違いないのだ。

難民の受け入れは、ネガティブなことばかりではない。若い優秀な才能が日本に活力を与えてくれる可能性もある。

私は、一九七二年に海外邦人宣教者活動援助後援会（ＪＯＭＡＳ）というＮＧＯ団体を作った。今は若い世代にゆずって代表の職を退いているが、そこで一人の難民を支援したことがある。

彼との出会いは、一九八八年。聖心女子学院のシスターから、相談を受けたことがきっかけだった。

彼は、南ベトナムの高官の息子として生まれ、一九八二年に国連の合法難民として来日した。彼は言葉のハンディがあったものの、熱心に勉強し、ある私立大学の医学部に合格したのだ。しかし、入学金を約束した日本のNGOがその言葉を守らなかった。それでシスターが「曾野さん、医大に入るための六百万円をなんとかできないかしら」と言ってきたのである。

そこで私が産経新聞に相談して朝刊に記事を載せてもらうと、あっという間に読者の寄付が集まった。それで何とか入学させることができたのだ。

その後もJOMASから六年間毎月十万円の僅かな生活費を送っていた。彼の住まいは都心からは離れていたが、家賃を払ったら、手元にはほんの僅かしか残らない。「これでは買えるのは米、味噌、醬油くらいのものね」。私は充分な支援ができないことを申し訳なく思っていたが、彼は勉強を続け、晴れて医者になった。そして六年後のある時、彼はこう言ってきてくれた。

「長い間ありがとうございました。もう今月をもって、僕は生きていけます」

それは麗しい最後だった。彼は今、医院の院長先生として都内で働いている。一言で難民といっても、こうした出会いもあるのである。

ドイツのメルケル首相は、難民の受け入れを堂々と宣言したが、難民の数が増えるにしたがって、次第にドイツ国民から難民を拒否する声があがるようになった。
それを知った私はあるドイツ人の友人に、「難民の数が増えて大変でしょう」と尋ねた。すると「初めに逃れてくる難民はエリートです。ドイツは彼らを利用しようとしている面もあるんです」と言う。ドイツ政府に、どこまで思惑があったのかは分からない。しかし、情報もお金もある人から先に難民として逃れてくるのは事実であろう。人口減少に悩むドイツの大陸的なリアリスティックな判断だと言えるかもしれない。

難民を受け入れることは、本来なら自由意志によるものとしたいが、それでは現状の問題解決からはほど遠いように思われる。ならば、「義務」とした方がよいかもしれない。

「義務」というと、日本人は、「企業の役員何パーセントを女性にする」といったような数字目標や、枠組みを決めてそれを守るといった「義務」を思い浮かべるようだ。私が言う「義務」はそうではない。「慈悲」や「親切」と言い換えてもいいかもしれない。

昔、私は南仏のルルドから北スペインのサンチアーゴ・デ・コンポステラを訪れたことがある。聖ヤコブの墓があり、多くの巡礼者が訪れるところである。

無事にサンチアーゴ・デ・コンポステラにたどり着き、行動を共にしたボランティアやグループの皆さんとお別れ会をした夜、一人のボランティアが車いすの人に抱きつき、そのはずみで車いすごと転倒させてしまった。車いすに乗っていた男性は頭を打ち、短い時間ではあるが失神していたこともあり、地元のガイドに頼み込んで病院に連れて行った。念のため、レントゲンだったか、CTだったかの検査も受けたのだが、支払いの段になって私は驚いた。スペインでは、巡礼者の医療費がタダだったのである。

その昔、巡礼者たちを助けたのは主に修道会だった。中でも知られているのはアウグスティヌス派修道会である。この宗派の修道会の十三世紀の会則の記録によれば、巡礼者に食糧を与える慣習が一五〇〇年頃まであったという。彼らは「その日の餓えによって死ぬことなからんため、すべての者に小さなパン三個」を与えたのだ。これは慈悲であるとともに、修道会の人々が、神に対して自らの義務として課した、「神への義務」である。

聖書では「求めよ、さらば開かれん」という言葉がある。ある家の主人は、旅人としてその家に辿り着いた友人を空腹のまま寝かすことができなかったが、貧しい彼の家にはパンがなかった。それで同じ部落の村人の家を訪ねて、扉を叩き、パンを貸してくださいと頼んだ。一度は「子供たちがもう寝ているから帰ってほしい」と断られるが、なおも貧しい人はパンを恵んでほしいと頼みこむ。そして、村人はようやくパンを持たせて帰すのである。キリスト教において、餓えた人に食べさせ、宿のない旅人を泊めることは「神への義務」を果たすことである。これは何もクリスチャンだけの発想ではない。イスラムでも、「敵対部族であっても、相手にパンが無い時には、自分のパンを半分与えねばならない」という教えがある。

シリアの難民が日増しに膨れ上がり、アジアでもミャンマーのイスラム系少数民族・ロヒンギャ難民の受け入れを求める声があがっている。日本もその時、難民問題と無関係ではいられなくなるだろう。難民に対し、生活の格差はいけないだの、高等教育を受ける権利は平等だのと言っていると、難民を受け入れるまでに途方もない時間とお金がかかる。いま目の前にいる難民を助けるには、まず義務として「パン」を与えることから始めなければならないのではないか。

# 事実の重さ

## ——観念に凝り固まらず、柔軟に現実を直視する

二〇一〇年四月、フリージャーナリストの常岡浩介氏が、アフガニスタンで武装勢力に誘拐され、五カ月ぶりに解放されたというニュースは、ご家族の安心を考えると、人ごとながらほっとする。

この釈放に関して、当時の仙谷由人官房長官が記者会見の中で、「日本政府や被害者家族が犯人側に身代金を払った事実はない」と話した。

国際的な常識慣例から判断すると、このような嘘を信じる人は例外であろう。こういう話を公然と国民に伝えると、世界的な厳しい現実にうとい日本人は、身代金なしで人質が返ってくることもあるのかと思い、その甘い判断が今後も禍根となる。教育にも悪

い。

　嘘である証拠は、常岡氏自身の言葉からもわかる。

　氏は「自分を拘束した武装勢力はタリバンではなく、カルザイ大統領に近い人物とつながりのある『現地の腐敗した軍閥集団』だったと指摘。同集団がタリバンに成り済まして『日本人を拉致して日本政府をゆすった』との見方を示した」と九月七日付の「世界日報」が書いている。この見方は、氏が解放された後、アラブ首長国連邦のドバイで、自分のツイッターに書き込んだものだというから、事件の最中の印象を直後に書き綴ったものとして信頼できるだろう。

「現地の腐敗した軍閥集団」というのは、英語で言う「ワーロード」たちで、日本語に訳すと「親分たち」ということになる。

　彼らとカルザイの関係はわからない。はっきり関係あるとはいわなくても、どこかで繋がりはある、と常岡氏も見ているのである。

　この組織が日本政府をゆすったようだという事は、常岡氏自身が拘束されている間に把握した情報だという。国をゆするほどの集団が、「はい、わかりました。カルザイ様のご命令なら、日本人には身代金の要求もせず、無償でお返しいたします」などと言うわけがない。

スパイ行為をしたという現地の人が、目隠しをされ、手足を縛られて血まみれで同じ部屋に投げ込まれたあげくに処刑されたのは、常岡氏に、金を出さなければ殺されるということを見せつけるためだったらしい。氏は実際に命の危険を感じている。

クンドゥズ州のオマル知事も、常岡氏を拘束した「タリバン」を自称する人々が、実はアフガン当局に身代金を要求したと指摘しているが、実際に支払われたかどうかは不明だという。誘拐犯たちは、常岡氏の拘禁中もタリバンとの戦闘を繰り返していた。タリバン同士が闘うことはないので、彼らは「米軍の対タリバン掃討作戦にアフガン軍の一員として参加していた」と常岡氏は証言しているから、タリバンではなく、むしろ政府側と関係のある組織だと見られるのである。となると、いよいよカルザイ大統領との関係もきな臭くなってくるのである。

常岡氏が返されたということは、彼ら「関係者」に満足するほどの身代金が支払われた結果、今回の彼らの商売はうまくいったということなのだ。

解放に尽力した鈴木宗男氏が、「カルザイ大統領が自分の身内を解放しようとしてでもいるかのように水面下で尽力した」と言っているところを見ると、日本は今後、カルザイにどれほどの慰労金を出すことになるのだろう。実に高くついた人質救出劇だった、と思わざるを得ない。

この政治の裏の裏を、私など見抜く力はないし、それは常に証拠も証明書も受け取りもない社会のできごとである。しかしパキスタンにせよアフガニスタンにせよ、彼らの流儀によれば、人質は身代金を払って取り返すものなのである。誰かの命を救えば、必ず報奨金がどこかで何らかの形で支払われているのである。鈴木宗男氏も、カルザイが「身内を解放しようとしてでもいるかのように水面下で尽力した」などと言うものではない。表向きはそう見える時ほど、陰では非常に高価な請求書が突きつけられてくるのがこの社会の常識だ。そして思いもかけない人が、その分け前にありついている。しかも金を払うのは日本国家である。そうした陰湿な力関係を、日本人社会が見抜くようになることを願っている。

二〇一〇年八月三十一日の毎日新聞夕刊には、次のような記事が出た。

ドイツ連邦銀行のザラツィン理事（65）という人が、移民問題についての自著『ドイツが消える』に関するインタビューを受け、その中で、「すべてのユダヤ人には、特定の遺伝子がある」と言ったことが、最近大きな問題になっているという。

「ドイツではナチス時代、『人種学』によってホロコースト（大虐殺）が正当化された経緯から、人種を学術的に根拠付ける考えはタブーで、メルケル首相をはじめ政界は総批判だ」

ザラツィン氏の主張は、アラブ系の移民が増えていることによってドイツのアイデンティティーが「将来『溶解』していくことに懸念を表明」したものと思われるのだそうだ。出席した記者の一人が「遺伝子上のアイデンティティーもあるのか？」という質問をした結果、こういう発言が出たものらしい。

現代の人種問題に私は充分反応する力を持っていないが、中年以後に聖書世界を勉強してきたので、自然一神教を知る機会を大切にしてきた。イエスの生活は、ユダヤ教を信じるユダヤ人の暮らしそのものだったはずだから、ユダヤ教も独学で学んだ。自然に接触のあるユダヤ人やアラブ人は、その時々の先生だと思って、その話に耳を傾けた。

するとある時、コーヘンという名のユダヤ人がおもしろい話をしてくれた。コーヘンという名は、日本人の鈴木さんや佐藤さんにあたるユダヤにはよくある名前だが、先祖はレビ人と呼ばれるエルサレムの神殿の祭司だったということはよく知られている。

昔のユダヤの暮らしは、日本人には想像がつかないほど、詳細に記録されているのである。レビ人たちは、祭司に直接仕えるグループ、神殿で歌う楽人のグループ、神殿および門の守衛を司るグループの三つに分かれていた。私の会ったコーヘン氏によると、今でもコーヘンを名乗る人々の一部の遺伝子は同じなのだという。それは昔から彼らが、血の繋がった一族とのみ結婚してきたからであった。

こうした事実を、これこそ伝統を守る人々の意志の結果だと見る人々と、それこそ非科学的閉鎖社会の証拠だと感じる人がいるのは当然だと思うが、一つの事実を、観念と理想論で拒否する世界的風潮は困ったものだ、と私は思う。私は現実を直視することにはどれほどにも柔軟でありたいが、観念に凝り固まることだけは避けたいといつも思っているのである。

# ピスタチオの林

## ――社会・国家全体の利益を考えない途上国の病状

二〇一二年十月十二日付の読売新聞は、横堀裕也記者の記事としてアフガニスタンの旧支配勢力タリバンについて、いいリポートを載せてくれた。

アメリカがアフガニスタンに進攻を開始してからもう十一年になるが、最近各地方で、「タリバンの司令官や戦闘員らに投降を促して社会復帰を計る『再統合プログラム』が成果を上げ、注目が集まっている」という形の新しい変化が見られる、というのである。

アフガニスタンは周囲をイラン、トルクメニスタン、ウズベキスタン、タジキスタン、パキスタンに囲まれている。国境がすべて陸地だということは重大な事実である。だれを恨むこともできないことだが、国家として不運だと私は気の毒に思う。

陸地で国境を接しているということは、潜在的に抗争の接点が多いということなのだ。それに陸路からなら、いつでも誰でも、よからぬ目的をもって入ってこられる。それなのに物資の輸送に関しては、常に港を持つ隣国の港に陸揚げされる物資を自国に運び込むまでに、隣国からさんざんけちな嫌がらせを受けるのが普通である。

それに対して、日本のように国境がすべて海であるということは、それだけで幸運な国なのだ。周囲を海に囲まれているということは、陸軍数十万人を保有することに匹敵すると言われているという。日本なら、尖閣・竹島・北方四島を経営することを継続し、日本海に面した離島にだけ不法な人が侵入しないように、絶えず注意を払っていればいいのである。それだけである程度、外国に犯されない安全の基本と、自由な物資の輸送の確保を約束されている幸運な国だと言っていい。

内陸国は、決してこんなのんきなことを言っていられないし、現実的には、昔からそこに住んでいる部族によって線引きされている現在の国境は、無視されている場合さえ多い。

恐らくタリバン兵たちは、未来の展望もなく、命の危険に脅かされながら、家族とも離ればなれの暮らしを送っていたのだろう。その人たちが、妻子と共に住める凡庸な生活の幸福を望むようになったのは当然の人情であろう。

この社会復帰をはかる「再統合プログラム」は二〇一〇年から始められたそうで、それ以来二〇一二年九月末までに五千五百人以上が投降してプログラムに加わった。

その一例として記事は、ヘラートというアフガニスタン北西部の町の郊外で行われている森林再生事業を紹介している。草木一本見えない荒野の光景が働く男たちの背後に写っているが、そこに彼らはピスタチオの種を植え、給水車の水を空のポリタンクに移し換えては、その種に水をやっているという。こうした転向組は、タリバンの下級兵士たちだけではなく、司令官クラスにも及んでいるようだ。

その中の一人は「外国軍はいずれ撤退する。同胞同士で殺し合いたくなかった。仕事の面などで支援がえられれば争いはなくなる」と言ったという。

もっともこの光景には、私はいくつかの疑問をまだ抱いている。人力で運ぶ程度の水をやるだけで、ピスタチオは発芽し育つものなのだろうか。私は畑いじりが趣味だが、ピスタチオに関して全く無知だ。インドなどでは、「私はピスタチオの畑に囲まれた村で育ちました」というカトリックの神父に何人も会ったから、ピスタチオは多分頑丈な木なのだろうとは思う。

こういう企画が、手放しで喜べないのはいくつもの疑念があるからだ。一つには、ピスタチオの林の管理を彼らがずっと続けるかどうかだ。

途上国の植林は多くの場合、その点に問題がある。誰か指導者がいて、毎日毎日作業の内容を決め、きちんと出面《でづら》を取り（これは一種の土木の世界の言葉かもしれない。つまり日雇いの労賃を払うために、出席を取ること）、作業を監視している間は続く。しかし指導者がいなくなると、多くの労務者は、その畑に植えられた木の将来にはほとんど関心を持たない。水をやらなくなって枯れようが、放牧されている山羊に苗の若葉を食われようが、自分の損得にならないことについては、全く心を動かされないのである。

アフガニスタン政府によって策定された、この再統合プログラムは、二〇一〇年七月にカブールで開かれた支援国国際会議で承認され、日本も約四十四億円の拠出に同意した。

それでいいのである。しかしその四十四億円のうちのかなりの部分は、アフガニスタンの荒野に水を撒くように、途中で消えているだろう。つまりこうしたお金がすべて、再統合プログラムに生かされるなどと思うのは甘い話で、必ず誰かが、かなりの部分を自分の懐に入れているのである。

途上国の特徴は、社会・国家全体の利益を考えない人たちが実に多いという病状を持つことだ。私は財団で働いていたときに、アフリカの農業会議に出席し、その指導者たちと会っているうちに気づいた特徴がある。それは、彼らの言い分はすべて同じパターンだということであった。資金をこれこれだけ出してくれれば、これができます、という案件ばかりである。お金はなくても、こういう工夫でこういうことができましたという報告は皆無に近かった。日本人には、お金はなかったのですが、何年がかりかで独力でこういう事業をなし遂げました、という人がいくらでもいる。私たちはほんとうに幸福な国家の国民なのである。

かつて何をしていた人であろうと、その人にまともに働ける道を開くことに、私は大賛成だ。暴力団の不法な収入源を断つのは当然のことだが、代替えの仕事は考えて働いてもらうべきだろう。

先日、日本の受刑者が出所後に働き口がないので、再犯の道に追いやられる状態を愁う若者たちがいるという話が出た。受刑者が前歴のために、まともな社会では働きにくいのはほんとうだろう。だから出所後も出入りは自由なのだが、ある程度、社会とは隔絶していられる仕事場で、前歴をよくよく知った上で就労させてくれる環境を作るべきだと、私も願っていたことがある。

そういう事業の経営には、暴力団員として生きていた人に働いてもらったらいいのに、と私は思う。自分は人生の日陰の道で苦労して生きてきたが、家族のために日当たりのいい場所に出たいと願っている人にしかできない役目というものは、必ず社会にあるはずだ。

いつか東京のある区役所に、この手の人から献金があった。それを知った区側はその献金を断った。それこそ、意味のない差別だ、とその時私は思い、そう書いたことがある。どんな人からだろうと、公的機関なら献金は堂々と受け取り、市民に喜んでもらえるような仕事に廻せばいいだけのことだ。

# 南ア通過地点

## ――エイズ・ホスピスの霊安室に見る答えのない疑問

アフリカの広大な大陸の一番南の国は南アフリカ共和国で、その国で第一の大きな町はヨハネスバーグという。人生の後半になってこれほどしげしげとこの都市に通うことになろうと、私は思いもしなかった。何しろ二年に一度は、ここを通ってアフリカのどこかへ行っているような勘定になる。

普通日本人はパリを経由してアフリカに入る。ナイロビとかアビジャンとか、日本人と関係の深い町は、アフリカの中央部に位置するからである。しかし大陸の南にある国々に行く場合は、それでは時間と旅費の無駄になる。

私はシンガポールを通って南アに行くルートが、一番疲れないように感じた。日本からシンガポールまでは約七時間。シンガポールからヨハネスバーグまでは、夜行便で約十時間だが、深夜にシンガポールを出て、現地時間の明け方に着くので、比較的体が楽なのである。

私を南アとむすびつけてくれたのは、二〇〇八年に亡くなられた根本昭雄神父であった。根本師はフランシスコ会の神父で、その数年前、突然私の前に現れ、自分が働いている南アのエイズ・ホスピスのために経済的援助をしてくれないか、と言われた。もちろん、私個人に対してではなく、私が働く海外邦人宣教者活動援助後援会（ＪＯＭＡＳ）からお金を出してもらえないか、ということであった。

当時、南アはエイズの爆発的な蔓延に苦しみ始めていた。神父は医師でもなく、役人でもなかったから、全貌を正しく摑んでいたわけではなかったろうが、南アの人口の九人だか、八人だかに一人がエイズ患者だという言い方をした。もう末期で死を待つばかりの患者は、感染を恐れる家族にさえ見捨てられ、汚物まみれの悲惨な状態で放置されるケースもあった。

そうした患者たちを、フランシスス・ケヤー・センターは引き取ってきて、洗い、着せ、慰め、少しでも食べられれば食物を口に入れてやっていたが、引き取られて二十四時間以内に息を引き取る患者も少なくはなかった。しかしマザー・テレサの「死を待つ人の家」と同じように、せめて穏やかな最期の数日を与えるために、そのホスピスはスタン・ブレナン神父によって設立され、根本昭雄神父が力を添えていたのであった。

根本神父は私と全く同年で、新しい事業を背負って始めるには決して若いとは言えない年齢であった。しかし宗教者の多くは、選ぶことなどできない状態でその仕事に運命的に引きずりこまれることが多い。信仰は私たちに、「この世は永遠の前の一瞬」「人生は仮の旅路」と思わせているから、多くの人たちがこの世の生き方にひどい執着はしない。それならそれが自分の使命なのだ、と思う穏やかな心理の姿勢が身についている。

私の家にJOMASのお金をもらいに現れた時、神父が希望した事業の進展に必要な総額としては、数億円の予算が計上されていた。私はその額の大きさに驚き、何からさし当たり要るのか、それからお出ししましょう、と言ったのである。

神父は、すぐにでも必要なのは霊安室だと言った。当時三十床のホスピスで、毎日一人は息を引き取る。遺体は置く場所もないので、シーツに包んでそのままベッドに置くのだが、隣にはまだ生きている患者がいるのだ。それはあまりに残酷なことだから、何とか霊安室を建てて欲しいと言ったのである。

私は緊急にＪＯＭＡＳの運営委員会を開き、神父に現金で二百十九万八千円を渡して南アに帰ってもらった。そして数カ月で、八体を同時に置くことのできる冷蔵庫つきの霊安室が完成した。

この霊安室に関しては、未だに答えの出ない疑問を抱いたことがある。私たちの建てた霊安室は、それが頻繁に有効に使われることをもって社会的効果を生んだと考えるべきなのか、それとも中はがらがらでほとんど使われない状態になることが投資の成功の証なのかどちらなのか、私は今でもわからないのである。

私がここを訪れるのは三年ぶりであった。私たちのＪＯＭＡＳは、エイズ関係の仕事としては、霊安室に続いて、二十床の病棟を一棟、ベンツのバス一台、体の激しい痛みを訴えてもはや歩くことも立つこともできなくなっている末期患者を、スクワッター・キャンプと呼ばれる貧民街の小屋まで収容に行ける登坂力の強いジープを一台贈った。

その時、私たちのアフリカの貧困視察団には、二人の医師も加わっていたので、帰りの飛行機に乗る前に、ほんの二時間ほどをこのヨハネスバーグの郊外にあるエイズ・ホスピスに立ち寄ることは必要な勉強であろうと思われた。

エイズ対策は、嬉しいことに南アでも第二段階に差しかかっていた。アメリカの豊かな財団が経済的援助に乗り出したおかげで、患者たちは、栄養状態も改善し、薬を飲むことが可能になり、エイズは理論上は発症を抑えられて、いわば糖尿病のように、生涯つき合っていけば死に到る病ではなくなってきたのである。

病棟の庭で日光浴をしている患者たちも、私たちのグループの人たちと話をする余裕ができていた。ただし私が話した青年は、「ヨハネスバーグにお住まいですか?」という質問には、ぴたりと口を閉ざして答えなかった。エイズを不名誉《スティグマ》なものと捉える気持ちが強いので、自分がどこで生まれたとか、どこに住んでいるとか、どんな仕事をしていたとか、ということを話すのを極端に避けるようであった。

そんないい薬があるのに、なぜ未だにホスピスに来る患者が出るのか、という質問に、ボランティアの女性は、その恥の感情が妨げになって検査を受けないから、手遅れになった患者が出るのだし、普段から生活が貧しいと栄養状態が悪く、抗エイズ・ウイルス薬を投与できないほど体が弱っている人たちがいる。その人たちが結果的にはホスピスに来るようになるので残念だ、と説明した。

しかし問題は他にある。抗エイズ・ウイルス薬は、いったんよくなったように見えても飲み続けなければならない。広範なアフリカの土地で、多くの人々に決定的に欠けている一つの能力がある。それは「もし……になったら」という架空の状況を自分の上に想定する知的想像力である。病気が一度治ったようにみえても、薬を止めれば前より悪くなる、という眼に見えない状況を想定するには、実はかなり重大な自己管理の能力が必要だ。それができる人は決して多くない。エイズ対策は今後もその点が大きな課題になるはずだ。

私たちは、霊安室の扉も開けてもらった。中には今日も五体のやせ細った亡骸《なきがら》が白い布にくるまれ、この世の不備なしがらみから解放されたように眠っていた。

# 背後の理由

## ——道徳の名を借りて、人間は簡単に狂う

身の上相談というものにも、答えられないことが多いけれど、私は長い人生で、自分でももちろん答えがわからず、身近な知恵者に聞いてもわからなかったことがいくつもある。実は私自身は、答えの出ない疑問も、密かに深く愛している面がある。人間の分際というものはそういうものであろう、と、学校秀才でなかった私は気楽に思えるからである。

先日アジアの途上国で小児外科の分野で働いているドクターと話していて、麻酔器のことが話題になった。子供の外科患者は、手術はほとんど全身麻酔になる。大人なら腰椎麻酔で済むものでも、子供は暴れるのでだめらしい。

二〇一一年から始まった、昭和大学のドクターたちによるマダガスカルの口唇口蓋裂《こうしんこうがいれつ》の子供の手術が行われた時も、最大の装備の難関は麻酔器を運ぶことだった。ちょっとした大振りの冷蔵庫くらいの体積のある麻酔器に枠掛けをして、私たちと同じ飛行機に積んだのである。支援の仕事をしていた私にとって、麻酔器が現地で安全に動くということが最大の任務だった。もし麻酔器が動かなかったら、砲兵部隊が弾を持っていないようなものだ、という麻酔科のドクターの言葉が耳について離れなかった。

その麻酔器は当然毎年使うのだから、現地の病院に置いてきた。普通常識だったら、その間、マダガスカルの医師たちにも使ってもらうところだが、私たちは、それを日本人のシスターの監視の範囲にある一室において鍵をかけてきた。つまり誰にも使わせないようにしたのである。

現実はこうだ。アフリカの多くの病院では、たとえそれが国第一の国立病院であっても、エレベーターからレントゲンまで、機械という機械は壊れたら壊れたまま放置されているケースが多い。

それには気の毒な理由もある。たとえ壊れた個所が見つかったとしても、それを修理してくれる技術者がまずいない。部品も、代理店も国内にない。或いはお金がないから、誰が修理費を払うか、という問題が発生して手が出ない。

しかし管理者側にも悪い点はあるのだ。その機械がいつでも動くように管理する責任者というものが、多くの場合いない。いても、壊れた機械は必ず可及的速やかに直さねばならない、という意識も使命感もほとんどない。責任も感じないから放置して平気なのだ。

恐らく毎日麻酔器をしまう時には部品をまず清潔にし、それらが一つも紛失しないように整えてから、湿気や埃や衝撃から守るようにして管理しなければならないのだろう。しかしアフリカというところの特徴は、どこでも同じだ。すべて壊れたものを直さない。直さなくて気にならない。機械は壊れたら一刻も早く直すべきだと思って急ぐという気持ちが、個人にも組織にも社会にもない。

アジアでは、日本のドクターたちが土地の若い麻酔医を訓練して、今では機械をきちんと管理できるようにしたという。アフリカでは今後どうするか、最終的には、私の決めることではないが、誰も答えを出してくれそうにないむずかしい問題の一つである。

人情のままに「どうぞお使いなさい」と土地の麻酔医に渡し、翌年行ってみて部品がなくなっていたり壊れたままになったりしていて使えないことがわかると、もうその年、二、三十人の貧しい子供たちの手術はできなくなる。だから私は、自分たちの目的をまず守り、第二、第三に他者にもその利益を分かち合えそうな機会を放棄する。

もう何年前のことになるだろうか、森を切ってはいけない、という運動が、火がついたように盛んだったことがある。森林は守るべきだから、使い捨ての割り箸もいけない。だから「マイ箸運動」と言って、小さな箸箱に自分の箸を持ち歩くことも流行した。

しかしこれこそ森林保護の大敵であった。森は必ず、適当に木と木の間隔を取るために間伐をしてやらなければならない。日本の森が荒れているのは、この間伐に、労力もお金も出せなくなっていたからである。こんな原理原則は、森林管理のイロハを知っている人なら、誰でもわかることなのに、日本のマスコミは、とにかくエコの観点から木を切ってはいけない、という国民の狂気に、一社として抵抗したところはなかった。まさに一億総発狂だったのである。

私は最近になって、森林の専門家たちに、あなたたちはどうしてこういう無責任な流行をあの時見過ごしていたのですか、と聞いたことがある。すると、森は木と木の間隔を空けるために弱い若木を切るべきで、割り箸産業があることは木を育てるためのすばらしい恩恵だなどと書こうものなら、当時、どの新聞社も雑誌社もその原稿を載せなかったのだという。もし流行的世論に逆らえば、読者の反論がヒステリックに押し寄せ、新聞社も雑誌社も発行業務に不都合が生じるのだろう、ということだった。

家庭菜園をやったことのある人ならすぐわかる。菜っ葉の種を蒔くと、必ず間引きということをしなくてはならない。密植がひどいと、植物というものは決して育たないのである。こうした科学的な事実を認めないほどに、人間は簡単に狂うことができる。それも道徳の名を借りてである。今もそうした空気は同じだ。お互いが冷静で、一人ずつの国民としての小さな責任をどうしたら果たせるのか、いまだに問題は残っている。

## エボラ出血熱の世界
### ——エボラ看護にかかわった人々の勇気と献身の覚悟

時々世の中には、人間の運命や思想を基本からぶち壊すような力が出現する時もあるのだ。感染症の爆発的な発現である。

西アフリカのリベリア、シエラレオーネなどの国々で何年かに一度発生するようにみえるエボラ出血熱は、かつてヨーロッパで猛威を振るったペストや、一九六〇年代の終わりにナイジェリアの寒村で見つかったラッサ熱のように、現代の先進国に生きる私たちは、まだ見たこともない病気である。今までのところ、その死亡率が八十パーセントを超えるということがその一つの理由であろう。

私はこの病気のことが以前から心にかかっていたので、二〇〇九年、その頃、毎年のように行っていたアフリカ調査旅行の際、コンゴ民主共和国の首都から約四百キロ離れたキクウィートという、エボラが爆発的に発生した町まで、三人の日本人医師たちと行くことにした。空路を取るほかなかったのは道がないに等しかったからだ。飛んでいたのはソ連製のアントノフと呼ばれるボロ飛行機だった。エボラがもし僻村で発生したら、どうやって医療関係の人員や器材を送り込むかも一つの大きな難問になる。

この調査旅行が可能になったのは、首都のキンシャサで当時働いていた日本人のシスターが、昔から現地に入って活躍を続けていた「ベルガモの貧しい人々のための修道会」と呼ばれるイタリア人の修道女たちとも懇意で、そこで彼女たちに会える手筈を整えてくれたからである。

キクウィートにエボラが発生したのは一九九五年のことで、その年には三百十五人が罹患し、患者の八十一パーセントが死んだ。

潜伏期間は二日から二十一日と言われている。その後、だるさや食欲不振など、風邪のような症状が現れ、その後、急に四十度かそれ以上の高熱が震えと共に出る。頭痛、腹痛、関節痛や筋肉痛と共に激しい下痢と嘔吐が始まる。しかし吐きたいけど、吐けない苦しさを訴える患者もいた。初期にはサルモネラ菌による症状ではないかと疑われていた。

やがて体中から出血が始まる。下痢に血が混じる。吐血、皮下出血。呼吸と共に血を吐く。うがいの時吐き出した水にまで血が混じった。注射針を抜く際も血が噴き出て壁まで飛ぶ。点滴には血液が逆流した。

眼も真っ赤になる。盲腸の手術をすると、血が止まらなかった。ガーゼも充分でないから、水で洗ってすぐに傷口に詰めるほかはなかった。その間に、外科医も麻酔医も感染した。看護には厳密に防護服を着用しなければならないのだが、手袋やマスクさえ不足していたから、素手で働いていた。

体がおかしくなって数日すると血液検査でエボラウイルス抗原が陽性になる。感染は、患者の体液によると知らされていたのだが、ろくな設備のないアフリカの地方の医療機関ではとても予防措置を講じられない。田舎の村には、通常でも病院はおろか広場に「診療所」と呼ばれる建物が一つあればいい方だ。古びてペンキの色も見えない木造の建物には古い木製の机に粗雑な紙質のノート一冊の患者記録があるだけで、電灯もタイプもコンピューターもない。そもそも電気がないのだ。砂埃の溜まった傍の棚には、ほんの五、六種類の薬が形ばかり並べられ、ほかに人間の体の部分や、妊娠と分娩の仕組み、食べ物の種類と栄養の種類別に分けた絵図を描いた大きな掛図が壁にかかっているだけだった。ほとんどの患者が字を読めないのだから、文字による教育は徹底しない。

多分その建物には水道もトイレもない。トイレはアフリカの田舎の生活では、今でも自然の中でするのが普通だ。勤務しているのは、汚れきった白衣らしいものを着た、医師でもなく正規の看護師とも言えないらしい男が一人だけだ。

キクウィート近郊の病院には、隔離病棟があるわけではなかった。素朴な入院用の病棟一棟を、エボラ患者専用にしただけだった。

やがて衰弱し切った患者たちはトイレにも立てなくなり、血の混じった嘔吐や下痢を床にするようになる。医療関係者が病気を恐れて逃げ出したので、看護の手が全くまわらなくなった。また感染に対して充分な知識も設備もないところにおかれた家族たちは、汚物を病棟にごく近い野原に捨てて平気だった。

エボラ蔓延の理由はいくつかある、という。血液、体液などが感染の理由だと知っていても、初等教育さえ普及していない人たちは、死者を洗い清め、遺体に接吻し、抱きしめるのが別れの習慣だった。それをしないで、彼らは愛する者を埋葬することはできなかったのであろう。またあるヨーロッパ人の神父は、臨終の病人に、病癒の秘蹟と呼ぶ祈りと、聖体と呼ばれるパンを授けに行き、病床で病人を抱いて励ました。その時、病人の汗に触れて感染し死亡した。その時もリベリアで働いていたカトリックの神父が感染後、スペインに帰国して死亡し、ヨーロッパで最初の犠牲者となった。

キクウィートの悲劇の象徴は、一九九五年の四月から五月の約三十五日間に、「ベルガモの貧しい人々のための修道会」に属するイタリア人の修道女たち六人が、ほとんど数日おきにエボラで死亡したことであった。病院の医師、看護師、時には家族までが、病気を恐れて逃げ出す中で彼女たちは、決して撤退しなかった。当時六十九歳だったシスター・フロラルバ・ロンディは、それまでに四十三年間、当時ザイールと呼ばれていたコンゴで、癩《らい》、栄養失調からくる末期の結核患者や孤児たちのための「家庭」を作ってきた。最期まで使命を全うした六人のために修道会は「ヨハネによる福音書（15章13節）」の「友のために自分の命を捨てること、これ以上に大きな愛はない」という言葉を捧げている。

　コンゴの村では当時、病気の原因は「ランダ、ランダ」と呼ばれる人を追いかけてくる一種の悪霊のせいだ、と思われていた。盗みや淫らな行為をしたり、他人が仕掛けた罠にかかった獲物を横取りしたりすると、当人と家族に「ランダ、ランダ」が取りつく。その人たちと関係を持つ人もまたこの悪霊に襲われる、と信じられている。だから看護師が逃げ出すのはもちろん、町の薬屋は、病人の家族に薬や点滴用の器具も売らなくなった。一方でほんとうは焼却するはずの血液と汚物に塗《まみ》れた寝具や前掛けや手袋などが、焼く前に盗まれることもあった。人は貧しく無知だと、何でもする。

　エボラとかかわった人たちは、拘禁状態だった。泣き叫んでも隔離地区から出してもらえない人もいた。看護にかかわった人は、収束の後でも三週間ほど拘束された。二〇一四年八月十三日現在、死者は千百人を超えたという。関係者が闘わねばならない問題は、現地の社会情勢に加え、勇気と献身の覚悟まで、実に多方面にわたるのである。

## 残りの文化
### ――電気のないところには民主主義はない

私は小説以外のことには何も積極的になったことがないのだが、さまざまな偶然から、アフリカで働くカトリックのシスターたちに対して経済的支援をするというＮＧＯを始め、四十年間働いた。

私には疑い深い性格があって、援助のお金を出すと、自分の目でそれが使われているかどうかを自費で確かめに行かねば気が済まなくなった。貧しい組織にお金を出すのだから、泥棒をしようという人も多いし、「査察」する土地も田舎ばかりになる。おかげで私は、アフリカのほんとうの僻地に入る機会ができたのである。一九九五年末から九年半勤めた日本財団でも、やがてアフリカの極貧地帯を専門に見る調査団を出すようになり、私が毎回その旅に初めから終わりまでつき合った。

結果的にアフリカは、私にとって偉大な教師になった。日本人は、舗装していない大地が目の前に続くとき、どこを歩くかもわからない。低いところ、砂漠なら涸川《ワディ》の川床を行くのが常道だ。しかしとにかく未舗装の土地を移動したことがないような暮らしをしていると、四駆を使っても時速二十キロメートルも出ない悪路、水深のわからない川を渡る時期の選定、マラリア蚊を避ける才覚、けちなゲリラまでカラシニコフだけは持っている不気味な時代の危険を回避する方法、など何ひとつ教えられていない。

パリやロンドンで航空会社に預けた荷物は必ず目的地で出てくると信じているお坊ちゃまとお嬢ちゃまが育っていた。そんな場合を予測して手荷物に必要な品を一式持っているのでまったく不自由しなかったのは、自衛隊からの参加者と私だけだったこともある。

ホテルもレストランもないところでは、食事をどうするか。考えればじつに簡単なことだ。前にも書いたが、石三個と燃料、鍋と原材料と水さえあればいいのである。アフリカでは大地のあらゆる場所がキッチンになる。

電気のないところには民主主義はない、という関係も、私はすぐに気がつくようになった。地球上のどこででも民主主義が可能だと信じているアメリカ人や日本人は、電気がない暮らしをしている約二十億人分の心理がわからないのである。民主主義に代わるのは、じつに奥が深い族長支配の文化である。アメリカがイラク政策をしくじったのも、つまりは、民主主義でない残りの文化を理解しなかったからだ、とわかった。救急車が無料の国、生活保護のある国など、天国の境地だ。そうした国に生まれた幸運も日本人の多くは理解しないらしい。

# 第四章　私たちの祖国、日本

## 「他者への奉仕」が育む「ほんとうの自由」
### ――自分をいささかは犠牲にする

戦後の日教組的教育に私はずっと違和感を持ち続けていたが、それでも日本は何とかやっていけるのだろうと思っていた。

「皆いい子」式の誤った人間観察。「生徒と先生は平等」というでたらめな民主主義。人のために尽くすなどという発想は国家の犠牲になるだけだ、という脅し。「人権とは要求することである」という、義務の観念が欠落した思想。富裕は悪、貧困は善。資本家は悪、労働者は善、といった幼稚な人間分類法。日本語の読み書きもまともにできない日本人を育てて平気だった教師たちの怠慢。

それでも日本人が何とかまともにやっていけるとしたら、それは同胞が非常に賢いからだ、と私はひいき目に思っていたのだ。

しかし最近、どうもこのままではとうていやっていけない、という危機感が露《あらわ》になってきたらしい。最近の政治家のあまりの質の悪さに驚く必要はないので、つまり日本人全体があのレベルにまで墜ちたのだ。昔の人たちは、「私にはとうていそんな大それた仕事は務まりません」という謙虚な賢さがあった。それは同時に自分より偉い人の才能を見分け、偉い人には従おう習おうという伸びやかな人間性の存在を示していた。

昔の人は道徳的にも学問的にも自分の弱点を知れば、それを矯《た》め直そうとしたが、その基本的情熱は己を知る謙虚さにあった。しかし今は根拠のない自信が蔓延した。度を超えた個人尊重と、知識を持つことだけが教育と思われるようになったから、だれもこの愚かさに手出しできなくなった。

二〇〇〇年の夏、私は教育改革国民会議のメンバーとして、主に人間性を討議する第一分科会に属して働いていた。その答申の報告前文は、分科会全員の提案を網羅して、「物書き」を本職とする者がまとめた方が早かろうという浅利慶太委員の提案で、私が作文したものである。私はそれを当時の文部省の分室で、三時間ほどでワープロを叩いて仕上げた記憶がある。その原案は分科会の全員が読み、曲解や脱落があれば委員からの申し出を受けてただちに修正した。その中で、私が提案した部分もある。

「今までの教育は、要求することに主力をおいたものであった。しかしこれからは、与えられ、与えることの双方が、個人と社会の中で温かい潮流を作ることを望みたい。個人の発見と自立は、自然に自分の周囲にいる他者への献身や奉仕を可能にし、さらにはまだ会ったことのないもっと大勢の人々の幸福を願う公的な視野にまで広がる方向性を持つ。

そのために小学校と中学校では二週間、高校では一カ月間を奉仕活動の期間として適用する。これは、既に社会に出て働いている同年代の青年たちを含めた国民すべてに適用する。そして農作業や森林の整備、高齢者介護などの人道的作業に当たらせる。指導には各業種の熟練者、青年海外協力隊員のOB、青少年活動指導者の参加を求める。これは一定の試験期間をおいてできるだけ速やかに、満一年間の奉仕期間として義務付ける」

実施の方法として私の頭にあったのは、満十八歳で一年間、すべての日本国民に社会的奉仕活動をさせることであった。十八歳というのは、大学進学を決定したか、就職を決めたか、いずれにせよ将来が一安心になった時である。従って大学浪人、就職浪人には、一、二年の猶予期間をおいていい。しかし果たしてこの私案は、世間からめちゃくちゃに叩かれて無視されたが、怠け者の私は「気楽でよかった」と思ったものである。

反対の意見の主なものは、東大大学院教授・佐藤学氏や、故上坂冬子氏から出たものであった。二人共、私のこの提案を「思いつき」という同じ言葉で否定したので、私はその頃「どうして（二人は）私という他人が、あることをいつ思いついたのか知っておられるのだろう」と書いている。

世間の反対理由は、私の予測した通り「教育に強制はいけない」という決まり文句だったが、それは間違いだと今でも私は思っている。

そもそも強制の要素のない教育というものはこの世にない。幼い時と、初めてそのことを学ぶ時、人はすべてある程度、必ず強制を受けてその道に入る。しかし間もなく自我や自分の好みができ、その道を自分の能力の一部として「楽しむ」か、反対に「嫌悪する」ようになる。現在の日本では簡単にその道を捨てられる自由も与えられている。

私は小学校一年生の時、踊りとピアノと作文の個人指導を受けた。母も典型的な教育ママだったのである。私は中で一番ピアノを嫌ってすぐに脱落し、日本舞踊はだらだらと続けて、今でも盆踊りならすぐに踊れる厚顔さを身につけただけだ。

初めから人並み以上に才能がないと思われ、私自身も苦行だった作文でやがて私は自分を発見し、それを生涯の仕事と楽しみとするようになった。だから――自分の例をすべてに当てはめるわけではないが――奉仕活動をさせても、そのうちの三分の一はあんなもの嫌だと最初から拒否し、三分の一が「ちょっとはおもしろかった」になり、残りの三分の一が「発見があった」になるだろうと思う。

私の考えは、一年間、若者に質素な共同生活をさせることだった。ケータイを取り上げ、大部屋に寝かせ、テレビは共同のものを一台だけ、同じものを食べさせ、その人に適した肉体労働をさせる。戦時中もそうだったが、病弱な人には免除があるが、どんな心身障害者でも奉仕に加わりたいと言えばそれに合う仕事を探す。

何か一つのことを始めようとすれば、いくつかの予期せぬ事故と少数の被害者が出るのは致し方ないことだ。しかし全体がまちがいなく利益を受けることなら、社会は勇気を持ってやらねばならないのである。しかし、今社会に一番欠けているのは勇気だから、多分実現はしまい。

既にこうしたことを始めた外国の実態を私は聞いているが、親たちで文句を唱えている人にはまだ会ったことがない。共同生活、奉仕活動を覚えてから人に優しくなった。体力や忍耐力ができた。自分の家庭と全く出自の違う友だちができた、などいいことの方が比率は確実に多いらしい。

しかし今のように、「自分の任期中にことが起きなければいい」という小役人根性と、反対しておけば良識人のように見える社会の反応の中では、まず不可能なのである。

二〇〇〇年から既に十数年が経とうとしている。その間に教育学者、教育の実務担当者たちは何をやったのか。人間をほんとうに自由に解き放つのは、教育の場で勝手きままを許すことではない。自分をいささかは犠牲にする義務の伴わない自由は、成熟したほんものの自由ではないのである。

## 貧乏した時の弁当の食べ方
### ――貧しくても豊かでも、自分を失わない

二〇一一年一月の上旬の早朝、みのもんたさんの有名な番組「朝ズバッ！」を見た。すると新聞の一つが、学校の先生が足りない、ということを報じている記事が紹介された。産休、育休などで休む先生が増えるとその補充ができず、生徒は先生なしで自習したり、試験さえできなくなっている学級もあるという。

いかにも深刻な問題というふうに受け取る視聴者もいるのだろうが、私は全くそうは思わなかった。

世界中、日本と比べものにならないほど、学校の先生が冷遇されている国が多いことを知っていたからでもある。

ずっと昔、ブラジルの地方都市の空港へ行くと、見知らぬブラジル人の修道女《シスター》が私を待っていた。何のご用ですか？　と通訳を介して聞くと、もう何カ月も学校の先生たちが給料をもらっていないので、私が働いているNGOに、何とかして給料の肩代わりをしてもらえないかと思って空港で待っていた、と言う。私がその土地へ来ているということは、噂で聞いたのだと言う。

「あなたの学校というのは私立学校ですか？」

と私が聞くと、

「いいえ、公立学校です」

と言う。

「シスター、申しわけありませんが、それならお助けできません。外国の援助で給料を払ったりしたら、あなたのお国は、先生の生活を安定させることを全く考えなくなります」

私は答えながら暗い気持ちだった。先生たちはもう三、四カ月も給料をもらっていないまま、生徒たちのために頑張っているのだという。南米の人たちは、一般に日本人よりはるかに親類縁者の結束が堅いから、親戚中で困っている人のことは、一族で誰かが見る、という風習がある。そのおかげで、何とか生きていかれるのだろう。

南米だけでなく、アジアでもアフリカでも、保育園、幼稚園、小学校などの先生や職員の給与を助けてほしいという依頼は、私の体験でも数限りなくあった。学校の建物を建てると、私たち日本人は、それでこのプロジェクトは一応完成したと思う。しかし援助に馴れてくるとそうは考えない。校舎ができたとたんに、先生の月給もみてくれという要求が続くのがむしろ定型なので、私はわざわざインドまで、その要求はしないという確約を取りつけに行ったことさえある。

どの新聞のニュースか番組ではわからなかったが、先生不足は、別に自習だの何だのと深刻に考えなくても解決できることだ。今の三十人学級を一時解消して、四十人か五十人ずつのクラスにすれば、切り抜けられる事態である。

私の子供時代、一クラスは五十人から五十五人が普通だった。教室はすし詰めで、自分の席が窓際だと、そこに辿り着くまで数メートル、ずいぶん狭い空間を、蟹みたいに横ばいで歩くほかはなかった。

今の社会は、貧乏の仕方も知らない人たちばかりだ。一クラスの生徒数を増やして切り抜ければ、詰め合って受ける授業に、楽しい思い出もできるのに、それを思いつかない。

昔は給食などというものはなく、必ず家でお弁当を作って持たせたのだから、家が貧しくなって一家の食費を切り詰めなければならなくなったら、一家のお母さんはおかずの煮物の味を少し濃くする知恵があった。すると少量のおかずでもたくさんのご飯が食べられるようになる。辛いおかずが少しあれば、子供はあるだけのおかずで、工夫してお弁当箱の中のご飯をきれいに食べ尽くすようになる。

貧乏をしたら、倹約して切り詰めて生きるという原則は、誰もが知っていた知恵だった。それが今は全くなくなった。

今の人たちは、四十人学級、五十人学級と聞くだけで、そんなことをしたら、担任の目が個人的に行き届かないから教育的ではない、と目くじらを立てる。それは一部の真理だが、残りの部分の真理ではない。人間には最後まで、自分をほんとうに理解してくれる人などあるわけはない、とは教えない教育は、それなりに貧しいのである。

家族と少数の友人たちは、長い年月かかって、あるがままの自分を認めてくれる。だから貴重な存在なのだ。しかしちょっとしたお友達——最近ではメールをし合っただけのメル友——が自分を深く理解してくれるようなことはまずなくて普通である。

むしろ人間は、他人をほんとうには理解できず、自分もほとんど理解してもらえないと覚悟すべきだろう。三十人学級になれば、生徒一人一人が理解してもらえるなどと簡単に考えるから、理解されることが不可能になると自殺するようなやわな人間ができる。三十人の生徒をすべて理解している教師が、各学級の担任をしているわけはない、とは思わないのである。

いたしかたなく人間は、誰もが皆、一人一人自立した強い心を抱えて生きていくのだ。人間の心の一部は理解されない運命を先天的に持っている、と唇を噛みしめて実感したほうがいいのに、である。

昔も今も不良で悪ガキのような夫は、「ボクだったら、常時先生のいない学級に編入してもらいたい」と言う。「そこで何をするの?」と聞くと、ただぽかっと寝ていたり、ずっと悪ふざけやイタズラをしたり、思うさま友達を苛めてみたり、好きな本を夕方まで読み続けたりしたい、と言う。

そんな極端な発想をしなくても、近年は団塊の世代が定年に達したので、きちんと教育を受けたまだ若い定年退職者が大量に出た。彼らを常に「特別待機教員」として、その時々に臨時に採用して授業を受け持たせれば、先生なしで自習をする、などという極端な状況に追い込まれることもない。「若い高齢者」の雇用の創出にもなるし、子供の方も全く違う角度から教えてくれる先生に会って、授業だけでなく、人生そのものをおもしろく感じるかもしれない。

教育も人生そのものの一部だ。決して常に順調とは限らないし、変化がまた大切な教育的要素である。むしろ一学級が三十人でないといい授業はできない、それは文科省の無能のせいだと非難する世間の精神の固さの方が、ずっと大きな問題だろう。

私たちは理想の学校からも学ぶが、汚職に塗れた世間からも、偉大な人間像を学ぶ。私に言わせれば、どちらも必要だ。もちろん理想に近づけることは必要だが、理想通りでないと、その道はもう絶望的だ、と考える人の方が、どんなに若くても、もう頭の老化が始まっていそうで怖い。

貧しさに対応できない人間は、豊かさを賢く享受することもできないだろう。貧しくても豊かでも、自分を失わない、ということが、人間の最も強靭でみごとな生き方だ、と私は思っている。

# 理解の途中
## ――命に対する厳粛な気持ちを根幹から探る

「フェイスブック」なるものを、私はまだ見たこともなければ、将来使う予定もないが、その共同創始者の一人、マーク・ザッカーバーグという人物のことは、マスコミで何度か読んだ。

ことに「フェイスブック」は株式を公開し、その値段がいくらなのか、私は知りもしないのだが、それがどんどん下がっているとか、株式公開の翌日に、彼が中国系の小児科の女医さんと結婚して、そのプリシラという女性を私はかなり感じのいい女性だと思ったのに、日本のある新聞の女性記者は、「どう見ても特に美人とは思えないような女性だ」というふうな書き方をしていたので、やはり大富豪の夫人になることに妬みがあるのか、と邪推を楽しんだりした。私もまさにゴシップ種そのものを散々読んできたことになる。

そこへもってきて、（私がそれだけはいつも豊富に蓄えている日付のわからない古新聞の中には）またもやおもしろいザッカーバーグ氏の話が出てきた。

ラグビーかアメフトの選手だと言われればよく似合うような「ほがらかな」顔だちのザッカーバーグという青年は、最近になって自分に食事に関する一つの規定を作ったというのである。それは、自分が食べる動物性の食品は、必ず自分が殺したものであること、という規則である。

それに関して彼は、ロブスターを煮立っているお湯の中に落とすことにしても、感情的にはかなり辛かった、と述懐している。

ユダヤ教徒たちとはまたいささか違う食事規定を作った理由は、人間が食べるために、その動物が命を落としていることを忘れてはいけない、ということにあった。彼の目的は、食事の度に、自分のために命を落とした動物に対して感謝する気持ちを忘れないようにすることだったようだ。

ザッカーバーグ氏ほどではないが、私もそのことについては昔から気にしていて何度も書いたことがある。肉が嫌いで一生菜食で済ませます、という人以外、私たちは生涯に必ず一度は、鶏か豚を殺すか、せめてその作業をまともに見る体験をするべきだ。日本中で「成人の日」に着飾ってパーティをしたり、音楽会を催したりするのではなく、すべての新成人が、畑を耕し、鶏を殺すという厳粛な作業に参加し、動物にも、それを精肉にするために働いてくれる人たちにも感謝をすることが必要なのである。

もちろん動物を苦しませずに殺すには技術がいる。素人が息の根を止めるのは、可哀相な場合が多い。しかしたとえば鶏肉というものは初めから発泡スチロールとラップに包まれたものだ、と思っているような子供が育つと、命に対する厳粛な気持ちを根幹から探るということができない。そういう子供たちが育つと、恐れを知らないから、平気で人を殺すようになる、と私は思うのである。或いは、自分が直面する不都合は一切見ずに済ませ、いつも自分は人道主義者、命を断ったことなど一度もないというような観念的な平和主義者になる。こういう人物はまた、すべての出来事は「他人のせい」にして、ほんとうの平和のためになど決して身を捨てて動いたりしない。

ザッカーバーグ氏に話を戻すと、パロアルトの彼の家の近くに住む料理人の一人が、まず彼を近くの農家に連れて行ってくれた。そしてそこで彼に、鶏、豚、山羊などをさばいて調理用の肉にするまでを教えてくれた。

大型の家畜で彼が殺したものは、その後で専門の食肉処理業者に送られ、分けられた肉は彼の友だちや当時婚約中だったプリシラの元に届けられたのだという。

私が途上国で眼を開かせられたのは、やはり鶏の買い方だった。日本で親子丼を作るくらい簡単なことはない。鶏肉とタマネギと卵があれば、あっという間にできる。しかしアジアやアフリカの田舎では、同じ料理をするとなると、それは生きた鶏を市場で買ってくることから始まる。足を縛られて大きな笊《ざる》の中に入れられた鶏を、買う人は手を突っ込んで肉付きを確かめて買う。それからは情況によってさまざまだ。

鶏屋が彼なりのやり方で、始末してくれるところもある。その場合、よくまだ小学生や中学生くらいの年の息子が父親を手伝って羽を抑える役目をしたりする。そうしたサービスがない場合には、一家の主婦やメイドさんは、足を縛った鶏を力車やバスに積んで持って帰って、自分のうちで肉にする。産毛を処理するには、火で焼くか、お湯につけるか、二つの方法があるが、いずれにしても私にとっては実に心理的に重い仕事だ。羽が毟《むし》れたとしても（ここまではたいてい土地の馴れた人がやってくれる）、肉をさばく時には、つくづく自分が外科医でなかったことを嘆く。鶏肉を食べるなんて贅沢を簡単に言うな、という心理である。

ザッカーバーグ氏の場合、こうした自己規定を作ったからといって、友人や夫人とレストランに行くのを妨げてはいないという。彼は普通にどこのレストランにも行き、しかしそこで供される肉は彼の手にかかったものではないから、菜食主義者用の料理を頼むらしい。非常に筋の通った行動である。

この人は、毎年何かしら、新しいことに対する挑戦を始めるのだという。食事規定もその一つ。中国語を習うことにしたのもその一つだという。恐らく夫人のためだろう。優しい気持ちのように思える。しかしこうして毎年毎年段々挑戦するものが増えたら、人間が普通に生きる時間の配分をどうするのだろう。私など、書くこと、家の中の整理をすること、料理をして必ず家族皆と食事をすること、野菜や花を作ること、の四つくらいはやりたいと思うのだが、それすら完全にはできない。中国系の夫人を持てば、語学練習だけは特に時間をとらなくても可能なのかもしれないが、ラテン系やゲルマン系の言葉を話す人たちが、同じ系統の外国語を習うのと違って、アラブ語や中国語を学ぶのは、それだけで一生かかる一つの仕事だ。

さて、そういう根本からものごとの関係を認識する、というまっとうな姿勢を持つザッカーバーグ氏と、「フェイスブック」の発想ほど私の中で繋がらないものはない。「フェイスブック」は人と人との繋がりを示すものなのだろうが、「フェイスブック」の中の人間関係ほど、その場限りの無責任なものはなさそうだからだ。

もっとも私は近年、ますます自分は「物事の理解の途次にある」と思うようになった。一年後には別の角度が見えているのだろう、と自然に思えるようになったのである。ザッカーバーグ氏とはそういう人だ。

# モンゴルの原野
## ——人間の肉体的能力が限度まで発揮される土壌

二〇〇六年の夏場所で優勝した当時の大関白鵬は、どうしてあんなに強いのか。短い日時に里帰りした彼と家族の姿をテレビで見て私はその秘密の一端が見えるような気がした。

私は昔、モンゴルに行って、いわば白鵬を育てた土壌を見せてもらったのである。

ウランバートルは充分に近代都市の姿を持っていたが、一歩郊外に出れば牧畜民の世界だった。つまり原野である。だから人々の心の中には、ハイウェイも欲しいが、原野もそのままにしておけば、馬による移動が最短距離でできる、という肚《はら》が今でもあるような気がしてならない。舗装された道路は、恐らく蹄《ひづめ》によくない。短い雑草しか生えていない丘ならば、馬は最短距離を取ることができる。

私は蒙古語に堪能な知人と、大きな牧畜業者のテントに泊めてもらった。普通日本の人はこのテントをパオと呼んでいるが、モンゴルではゲルという。

中はもちろん一間。真中に煙突のついたストーブがあり、正面にチンギス・ハーンの肖像画がかかっている。そこがこのゲルの主の席である。私は自分がどこに坐ったらいいかとまどい、緊張した。とりあえず戸口から右手、主人席の左手に坐ろうとしたら、そこは夫人の居場所だと教えられた。客は入って左手に坐るのである。

もちろん遊牧の民だから、大きな家具らしいものはない。モンゴルの人々は、夏の家と冬の家と、居住地が違うというのだから、毎年必ず引っ越しをくり返しているわけである。私たちは従って、地面に敷いた敷物のようなものの上に、敷布団をおいて坐る。日本式正座の習慣はあまりないらしい。いわゆるアグラをかいてもいいのである。

男たちは最早、馬乳酒を飲み始める。木部に銀の台をつけた独特の盃があるが、とにかく何時間でも飲み続ける。

外は小雨が降り出して寒かった。浴室もトイレもないのは眼に見えている。顔を洗わないくらいは平気だが、トイレをどこの方角に行ったらいいか、ということで私は緊張していた。懐中電灯を持っていたのは、原野という所はしばしば地面に陥《おと》し穴があるのを知っていたからである。

私はこっそりと、トイレをしてはいけない特別の方角があるかどうか聞いてもらった。そちらの方角には神さまがいて、その土地を汚すのはとんでもない、というようなことが、往々にしてあるのだ。ところが答えはどちらでも好きな所で、ということだった。しかし何しろ小雨の中である。濡れた草の間にしゃがむということに、なかなか平気になれない。

寒さもかなりのものであった。客人がいるからと言うので、夫人が普段よりたくさん薪を燃やしてくれたことはまちがいない。それでも私は絹のシャツやらセーターやらを着こんで、夜の寒さを恐れている。私たちは寝袋を持参したと思うのだが、その上に掛布団をもらってもまだ寒かった。

ご主人は土地で有名な実力者だが、眠る前にこっそり見ていると、セーターを脱ぎ、ランニング一つで眠りに就いた。一つのゲルに四人が眠ったのである。

この旅行で私は、馬の美しさのトリコになった。何百頭といる馬にこれほど違った色があるとは思わなかった。少しオーバーに言えば緑色に見える馬、ピンクに銀色がかった馬など、息をのむみごとさである。

民族的行事と言われるナーダムには国中が熱狂する。これは一種の競馬、角力《すもう》、弓を射ること、の三種目で競われる競技らしいが、競馬にしても、わずか二・四キロほどの均《なら》された馬場を走るダービーのようなものではない。五十キロを、鞍《くら》をつけてもいい、つけなくてもいい、大人でもいい、子供でもいい、とにかく走り通すのである。ドーバー海峡横断とプール競泳の差だ。

私はこの夫妻に気に入られて、「あなたの一家、あなたとご主人と息子さんに馬を一頭ずつあげたい」と言われた。そういう時、ここから東京まで三頭の馬を運ぶにはどうしたらいいか、などと考える必要はない。

「ありがとうございます。しかし日本は暑くて馬もよく育ちません。改めてあなたにお預けして、育てて頂きます」

と言えばいいのである。

私の同行者は、その時東京との連絡用に携帯電話を持って行った。ここのご主人の息子の一人は、仙台の近郊でやはり馬の仕事を学んでいる。

電話をかけてみると、いきなり仙台の息子さんが出た。私は今でも携帯を持たない原始人だから知らなかったのだが、コンクリートの建物の中などでは、こうした電話はつながりにくいことが多いと言う。しかしその時は、隣にかけるみたいにきれいに会話が続いた。ゲルは電波を通すのである。

私はその時、足の骨を折って治癒してからあまり日が経っていなかった。その足が旅の終わり頃、少し痛み出した。すると向うの人たちが医者にかかっていけ、と言う。結局高名な大学教授のおかげで、二日間モンゴル式骨折治療を受けることもできた。場所は国立ウランバートル大学にある伝統医学科というところで、中年の女医さんに引き渡された。

モンゴルは整形外科では非常に進んでいるという。国中が角力を取り、馬に乗って、荒野をかけめぐるのだから、落馬事故も多いので発達したのである。

私はまず生まれて初めて内臓のＣＴスキャンを撮られ、それから温湿布、瀉血《しゃけつ》、マッサージ、お灸、薬の湿布などをしてもらった。伝統医学は二、三日のうちに病を治すものではないが、マッサージは実にうまかった。患部から瀉血をするのも有効である。日本からモンゴルへの治療ツアーが出てもいいと思った。

私が言いたかったのは、朝青龍や白鵬は出るべくして出た、ということだ。国民の多くが子供の時から山野を馬でかけめぐり、テレビゲームなどとは無縁に（何しろ電気がない暮らしなのだから）角力をして遊ぶ。そうした社会状況の中では、人間の肉体的能力がその人なりに快く限度まで発揮されるのだ。しかし日本にはそうした土壌の片鱗もない。暑さ寒さ、交通の不便などに耐える根性もない。

そうした原野を残した日常生活には、父の姿もまた偉大になる。白鵬はやはりブフ（モンゴル角力）のチャンピオンだった父から学び、母の慈愛を受け、少なくとも外見上は親孝行息子に育った。これも日本ではあまり見かけなくなった父と子の関係である。

環境と人間とのこうした関係が少しずつ明快になっていったら、それを教育に改めて取り入れられないものだろうか。今の日本の子供たちは、モヤシのような、クラゲのような、奇妙な生物になりかけた。本質は決してそうでないと思うのだが。

# 遠い患者

## ――「善意」なら誰もが感動する、という無知と見当違い

アフリカ南部のレソトでエイズと闘う七歳の男の子に、中学校を卒業したばかりの北海道の女子生徒四人が半年がかりで折った千羽鶴が贈られたという記事が、二〇〇六年五月五日の子供の日の全国紙に出た。日本ユニセフ協会視察団が前月小児病棟を訪問し、千羽鶴の由来を説明すると「男児の祖母は、孫のＨＩＶ（エイズウイルス）検査に同意し、病気と真正面から向き合う決意をした」という。

人間の善意なら、誰もが感動するはずだ、という安易な前提の元に書かれた記事だが、ここには無知と見当違いが、幾重にも重なっているようで、私は心が重くなった。

当時中学生だった四人の女生徒たちは、国連児童基金（ユニセフ）がアフリカの子供

たちへの支援を呼びかけていることを知ると、「私たちはお金でなく、千羽鶴を折ろう」と考えて、卒業を間近に控えた三月中に千羽を折りあげ、ユニセフに届けた。それを南アフリカまで持って行かなければならなかったユニセフの関係者はそれよりももっと届けたいものがあったかもしれない。私も今までに何度かアフリカへ行く機会があったが、貧しい産院や病院のために携行する抗生物質やミルクをどれだけ荷物の重量の範囲で持てるかが最大の関心だった。千羽鶴は千羽あるのだから、一キロ近い重量があるだろう。一キロの抗生物質は確実に数人の命を救うのだから、そちらを運びたい。

現地でそれを受けたのはマヌエル・モバレツィという男の子だった。写真で見ると、まだ骸骨にやっと皮がかぶっているというほどの痩せ方ではないが、眼を閉じている。吐き気と下痢が続いているというのはエイズ末期の症状で、私が教えられたところでは、吐き気が始まると臨終は数時間のうちだという。

エイズ患者はすべて自分の運命を自覚している。知らなくても体の辛さに耐えるだけでいっぱいだ。末期患者たちはもう現世で何もいらなくなっている。見舞いの品々、玩具も花もお菓子もいらない。すでにその時期は過ぎている。欲しいのは命だけだ。見舞い客にも会いたくない。強いていえば、このマヌエル少年は同じ病気で死んだ父母には会いたいだろう。今、望むとすれば、だるい体をさすり続けてもらうことくらいだろう。

「ユニセフによると、レソトでは約四人に一人がＨＩＶ感染しているが、差別や偏見から多くの人が検査を受けず、病気のまん延をもたらしているという」と取材記者は書いているが、大事なことが抜けている。差別も偏見も少しはあるだろうが、何より大きな原因は、貧困と無知と性道徳の欠如である。その中でも検査を受けない第一の理由は、検査料が一家の一カ月の収入より高い場合が多いからだ。そしてエイズだとわかったとしてもそれで治るわけではないのだから、誰もそんな検査に金を払わない。それを「差別と偏見」などという人道主義めかした言葉で片づけては、真実はいつまでも伝わらない。記事は次のように続く。

「視察団から千羽鶴を渡されたマレベレテさん（祖母）は『検査を受けてください』という看護師の言葉にうなずき、その場で同意書にサイン。ＨＩＶ陽性と分かったマヌエル君には、延命治療に有効な抗レトロウイルス薬治療を始めるという」

この段階にも不自然な要素がいくつもある。まずＨＩＶが陽性か否かを検査するのに、アフリカでは日本と違って一々同意書を取ったりしないだろう。検査費用を払ったら同意したということだ。この場合、誰が検査費用を払ったのか。ユニセフ調査団か、祖母か。少女たちは、せめてその金（多分一万円以下）をお小遣いの中から出してやればよかったのだ。

それにしてもこんな時にサインが必要という発想がおかしい。アフリカには自分の年齢も知らず、字も書けない人がたくさんいるのだから、病院の検査にいちいちサインをさせているとはとうてい思えない。

さらに多くのアフリカの医療施設ではエイズかどうかを見分ける現実的・体験的判断が医療関係者の間で既に養われている。それほどエイズ患者は多く、末期には独特の症状が現れる。だから検査などしなくてもマヌエル君の状態は病院関係者にはわかっているはずなのだ。だから改めて「検査に同意してサインした」ということは、先進国の善意の人々へのジェスチャーか、それとも……現実に検査などしなかったか、したことにして医師が検査費用を詐取したか、どちらかだと疑うのが援助に必要なことだと私は思っている。

ここで初めて私は、さらに厳しい現実に触れなければならない。四人の少女たちには、世界には、「何よりお金」が必要という貧しい人々が実に多いことを、周囲がきちんと教えるべきだった。半年がかりで千羽鶴を折る時間があったら、お手伝いでも何でもして、せめて一万円のお金を集めてあげれば、病児の祖母はどれほど喜んだかしれない。日本のように余裕のある暮らしをしている人たちにとっては、「金より心」という言葉も受け入れられるかもしれないが、世界的に貧しい社会では「心は金で現わす」のが常識だ。千羽鶴など紙切れに過ぎない。

主治医は「希望はあります」と言って薬の治療を始めることを約束してくれたというが、この記者と少女たちは、どれだけの事実を知っているのだろう。将来もっと有効な特効薬ができない限り、患者は薬を生涯ずっと規則正しく飲み続けなければならないこと。そのためには継続が不可能と思われるほどの経費と知的な管理が必要なこと。もし薬を途中でやめたりすると症状は今よりずっと悪化すること。そうでなくても、薬の副作用でいろいろな問題が現れ、それに細かく対処していくには相当の進んだ医療制度が必要なこと、などを知った上でこの記事を書いたのだろうか。

千羽鶴というものは、相手がほしいというなら別だが、勝手に贈られたらほんとうに始末に悪いものだ。四人の少女たちは少しも悪くない。しかし彼女たちの行為が善意であってもあまりにも現実とかけ離れているその幼さを、誰一人指摘してやらなかった周囲の大人たちの無知は看過できない。その事実を知らなかったのなら、それは大人たちの怠慢である。

レソトではエイズは四人に一人という。厖大な数のマヌエル君以外の子供の患者をどうしたら救えるのか、中学生にも悩ませるべきだろう。誰にも妙案はない。だから皆悩んでいるのだ。千羽鶴を折って、いいことをしたと思い、悩みから解放されるのが一番卑怯なことである。

最低限、患者の吐瀉物を清めるか、体をさすってあげる決意があるか。そんなことをしても患者を救うことにはならないのだが、遠くにいて、感染の危険も一切冒さず、金も出さない善意など、世界的には通用しないことを日本人はどんなに辛くとも知るべきなのである。

# 僻地医療

## ――災害医療に耐える医療関係者を育てるために

二〇一四年の十一月、昭和大学のドクターたちのチームによる、マダガスカルの貧しい家庭に生まれた口唇口蓋裂《こうしんこうがいれつ》の子供たちの無料手術の医療派遣にお付き合いしてきた。

もっとも私はシェーグレン症候群という怠惰な膠原病《こうげんびょう》のおかげで、ほとんど役に立たないのだが、まあ落伍せずに、このプロジェクトの今後の安定した予測を見極められただけでもよかった、と思っている。

今回の約二週間の派遣は、初めて南半球の春が選ばれた。前回までは、形成外科と麻酔科のドクターたちの学会に引っかからない日本の晩春を選んでいたので、マダガスカルの冬に当たっていたから、日常生活が寒くて辛かった。

今年は、春も少し暑いくらいかもしれないですよ、と言われて私は安心していたのだが、「雨季で、毎日雨は降ります」と言われたことは軽視していた。どうせドクターたちは毎日手術をするのである。雨は問題ではない。それより、マスコミからも数人が別働隊として同行し、すでに手術をした子供たちの家を訪ねることになっている。もともと幹線以外の舗装道路などほとんどない国だから、貧しい家を訪ねるとなると、家の付近は細い泥道に違いない。だから大きな車輛はダメ、参加者が泥の中を歩ける靴をご持参下さいとか、そんな配慮はしたつもりであった。

しかし私はアフリカの雨季というものの本質を知らなかった。日本の梅雨のような穏やかなものではないのである。大方夕方になると、多少の時間の差はあっても、暗雲たちこめ、とどろくような雷と共に、稲妻が空を切り裂く。

日本人の想像力が衰えている証拠に、落雷が必ず停電と結びつくという発想が私の中にもない。現代の医療は、まず電気で成り立っている。麻酔器そのものも電気がなければ動かないのだ。コンピューターと同じで、数十分の蓄電の能力はあると言われているが、だれもそこまで長い停電を体験していない。

私たちがマダガスカルに手術室を作った時も、それ以前に既存の分娩室の機能のために、予備の発電機を入れてあった。未熟児が生まれてすぐに要るのは、保育器を温めることだったからだ。

私はアフリカに入るとすぐハンドバッグに懐中電灯をつける癖がついているから、行動には一応困らないが、ホテルには各室に蠟燭とマッチが置いてある。それでも蠟燭が倒れないような場所に置くことに私は神経質になった。周りに燃えるようなものが一切置かれていない所を選んだ。

夕暮れ時、電気が切れると、テレビも映らず、本も読めず、私はこれが休息なのだな、と思わずにいられなかった。体を休め、思索もかなり中断する。予定表も読めず、メモもつけられないからである。

二、三時間ずつの停電は毎日、律儀に起きた。しかし私が思考停止している間に、手術室ではほんとうの闘いが始まっていたのである。手元は懐中電灯でカバーするとしても、麻酔器にはさまざまな機能がついている。種々の計測機械もあるが、手術部位から血液や分泌物を吸引するサクションの機能なしには精密な顕微鏡手術はできない。

麻酔科のドクターたちは、すぐに手動に切り換えて、手術はいつも安全に終わったが、この停電には手を焼いたらしく、やはり来年からは、雨季は避けましょう、という案も出ている。日本にいると、雨季には落雷はつきものだから外科手術は避けようなどという話は、間違っても出てこない。

私は私で、別の点に少し腹を立てていた。私が働いていたNGOが、ちゃんと入れていた予備の発電機はその時、どうして機能しなかったのだ。すると管理を引き受けている修道院側の説明では、その発電機に落雷したのだという。

アフリカでは、すべてのことに予備が要る。私はそれを「抑えの抑え」という表現で習った。一応車輛の約束をしたけれど、万が一その車輛が動かなかった時のためにもう一台、予備の車を出す方途を考えておきましょうという時、「抑えの抑え」という言い方で、安全を考えていたのである。

既存の発電機は、停電時の「抑え」の役目を果たすもののはずであった。しかし避雷針がないから、発電機に落雷する。発電機は抑えだったのだが、やはりもう一つ抑えの抑えが要るのであろう。ほんとうに疲れる話だ。それに日本なら、壊れた発電機が手術室用のものであれば、当日でも翌日でも、すぐ修理の人が駆けつけるだろう。しかしアフリカではそうでない。

アフリカ全域にある特徴は、壊れたものを直さないことなのだ、と私たちは言う。私は我が家で電球が切れた場合、翌朝真っ先に取り替える。切れたままの電球を放置する癖をつけると、国家も社会も個人も、どんどん堕落し、動かなくなる。

アフリカの場合、直さないのか直らないのか、どう言ったらいいのか、私にもわからない。壊れた、と通報したくても、電話が通じない。通じても責任者がいない。責任者はいても技術者が常駐しない。それ以前に、直すお金もない場合がある。部品がない場合も多い。取り寄せます、と言われても、それに二、三カ月かかることはざらだ。

そうしたことが続くと、人間からは、いつのまにか「即座に直す気力」が失われる。だから日本人やヨーロッパ人が、近代的設備の病院、ホテル、研究所などを作っていっても、半年も経たないうちに大方の機能は壊れたままになる。

しかし大きな声では言わなかったが、私はこの毎日の停電をほんとうは心から喜んでいた。昭和大学はこの医療派遣に、医学部、歯学部、薬学部、看護学科の高学年の学生たちを体験のために同行させた。停電のおかげで僻地《へきち》医療の実態も充分に伝わったろう。

それだけではない。日本の、たとえば東京が壊滅的自然災害を被って、あらゆる機能が全半壊した時、麻酔器の機能を手動で動かし、手術部位を懐中電灯で照らす医療の体験者がこんなにできたのだ。それでこそ、災害医療に耐える医療関係者が育つのだ。

そうした不自由の中で、今年初めて、昭和大学に留学中だったマダガスカル人の形成外科医、ニリナ・アドリアン・ジャン・ヴィヴィエール・マンジャーノ先生による口唇口蓋裂の手術が成功した。

これは「マダガスカル人の医師によるマダガスカル人の子供のための最初の口唇口蓋裂の手術」として歴史的な大きな足跡になっただろう。さらに偶然にだが、ドクターたちはこの企画が始まってから四年目に当たる今回の最後の日に、百人目の子供の口唇裂の手術を無事に終えた。一例の事故もなかった。

去年手術した子供の一人に会いに行くと、鼻水を垂らしていた。手術部位はちょうどその下だったのだが、私がいくら説明しても、初めてこの子を見た新聞記者は、汚れは単なる鼻水で、そこが手術跡だということをどうしても認められなかった。

# 後世に残す仕事

## ――人に何か与えるために働くことが、最高の光栄

今から約四十年ほど前の私は、子供もほとんど手がかからなくなり、やっと外国に出られる自由を手にした時期だった。普通なら、当時の日本人は、まず香港、次いでハワイ、それからニューヨーク、パリ、ロンドンに行きたがったものである。

しかし私は、どちらかというと東南アジアなどに惹かれていた。私は文化人類学的興味が強くて、きれいな風景よりも知らない社会の実生活を見たいという欲求が強かった。当時既に始めていた新約聖書の勉強もともすれば信仰の分野を離れ、当時のユダヤ人としてのイエスの実生活ばかりが気になって仕方がなかった。

私の出身校には、卒業生が結婚しても夫に従って気楽に現地に移り住み、着いた翌日

からその土地の言葉を習うような伝統的姿勢があった。その中の一人が、ご主人の転勤で一九六六年頃タイのバンコクに住んでおり、私は彼女の家に遊びに行った。彼女が私にどんなところが見たいかと聞いてくれた時、私は答えた。「ゆりかごから墓場まで」。それで彼女がアレンジしてくれたのが、当時北タイで高速道路をつくっていた前田建設工業と鹿島建設のジョイントベンチャーの現場だった。チェンマイから少し南に入った地点である。

そこで私は眼を見張るような事実を教えられた。当時のタイの現場は、労務者たちの無知と泥棒の被害と闘わねばならなかった。今でも思い出すのは、重機のオペレーターが昼食に宿舎に上がってきて、食事を取る間に、事務所の前においた重機からワイパーが盗まれる、という有り様だった。乾季になって、下部路床の転圧に必要だった散水車も盗まれ、工期の遅れにかなりのペナルティが課せられる状態だったので、現場は毎日、雑役の人を雇い、近くの沼から天秤棒で担がせた石油缶に入れた水を、乾いた下部路床に撒《ま》かせて、転圧に必要な湿度を保つことにしていた。

その苦労の日々の中で、ある日、ついに待望の雨季が来た。現場の若い責任者が前日通り受け持ちの地区に行ってみると、労務者たちは、豪雨の中で路床に水を撒いていた。そんな時代だったのだ。今のタイとは全く違う。

私がその現場に心を動かされたのは、当時すでに私の中にあった一つの宗教的なテーマを書くのに、この土木の現場が実に適していると感じたからであった。私は帰国すると、タイでお世話になった会社の東京事務所に連絡し、そのプロジェクトの詳細を教えていただけないか、と頼んだ。その窓口になってくださったのが、当時前田建設の専務だった故前田信治氏で、氏は無謀な小説家に対して、これ以上紳士的な応対は考えられない、というほど優しく扱ってくださったのである。

書くと言っても、私はダムもトンネルも高速道路もどうして作るのかわかっていない。その日を契機に、私は現場に入れてもらって、土木の知識を一から教えられたのである。私がそうした勉強をした現場の多くは、東京電力をはじめとする電力会社のプロジェクトで、さだめし邪魔な見学者だったろうとは思うが、骨材を鉄筋のことだと思っていた私の知識を、どうにか専門家の話についていけるまでにしてくださった。そのおかげで私は『無名碑』と『湖水誕生』の二つの長編小説を完成することができた。

小説家は、くだらない数枚のエッセイにも署名する。別に偉いからではなく、内容に責任を取らせるためだろう。しかし土木の仕事にかかわる方たちは、人々の生活、その子孫の暮らしにまで役に立つ大きな仕事を成し遂げながら、完成した作品には名前一つ残さない。私たちは信仰の立場からみても、それは一つの非常に見事な勇気ある生き方だと思うのである。

ことに日本人の、決して手を抜かない丁寧な仕事ぶりとその誠実さは、土木の世界で長く尊敬されるだろう。日本工区と、外国人の手がける工区が続いているような場合、現場で働く人たちが、よく「後十年、二十年後に見に来てください。そうすればお隣の工区は穴だらけ。我々日本人のやった所、きしっとしていますから」と言われたことを覚えている。

人生の仕事の中で、自分のためでもあるが、人に何か与えるために働く、ということは最高の光栄だ。エンジニアと呼ばれる人たちは、肌でそのことを感じているだろう。

私は長い年月、信濃大町の近くの高瀬ダムの現場に通っていた。冬も近づいて寒さが身に染みるようになってきたある夕方、私は一種の展望台のようになっている左岸の高みにいたのだが、一台の実に小さなブルが、恐らくあがり発破の後で人気《ひとけ》のないダムの天端《てんば》に帰ってきたところだった。オペレーターは、私たちがそんな高いところから見ているとは気がついていない。しかし彼は寒風の中で、カタピラーの泥を丁寧に落とし始めた。

見ている私は功利的だった。後一時間もすれば、夜勤の組がまたこのブルを使うのだから、そんな厳密に泥を落とさなくてもいいのではないか……私自身がその時、少し寒さに震えながら、早く宿舎に上がって、お風呂に入るなり、温かい食堂で夕食にありつきたい、と考えていたからだろう。しかしそのオペレーターは、誰一人見ている人がいなくても、手を抜かなかった。あれが日本の土木屋さんたちの魂なのだ、と私は思った。私は彼の姿を、生涯忘れることはなかった。

## 私たちの祖国、日本

### ——人間はすべて生かされて生きている

近年、日本の教育の荒廃は、見過ごせないものがある。子供はひ弱で欲望を抑えきれず、子供を育てるべき大人自身が、しっかりと地に足を着けて人生を見ることなく、功利的な価値観や単純な正義感、時には虚構の世界（ヴァーチャル・リアリティー）で人生を知っている、と勘違いするようになった。

その背景には、物質的豊かさと、半世紀以上も続いた平和があった。

日本は世界でも有数の、長期の平和と物質的豊かさを誇ることのできる国になったが、その目的に到達すると共に、自身で考える力、苦しみに耐える力、人間社会の必然と明暗を、善悪を超えて冷静に正視する力を失った。

情報の豊かさは開かれた社会には不可欠のものであるが、同時に人は情報の波に溺れて、自らの存在を留めるべき錨《いかり》を失った。経済の発展と共に、人間性を伸ばすことはそれほどの困難なことだったのだろうか。すべてはまことに皮肉な結果であった。同時にすべて想像されうる変化でもあった。

戦後教育の危険性は、はるか以前から意識されていたが、ここへ来て、教育の欠陥の病状は俄《にわ》かに明らかになった。

戦後教育は、人間が希求するものと、現実の姿とを混同した。私たちは自由を求めるが、しかし人間が完全な自由を得るということは至難の業である。私たちは平等を願うが、人間は生まれた瞬間から、平等ではない。運命においても才能においても生まれた土地においても、私たちは決して平等たり得ない。

しかし私たちが自由と平等を、永遠の悲願として持ち続けることは、当然である。

私たちは偶然、日本を祖国として生を受け、その伝統を血流の中に受け、それぞれの家族に育まれ、異なった才能を受けて生きてきた。その歴史を持たない個人はなく、その個性を有しない人もいない。それはまさに二つとない人生であり、存在である。教育はその貴重な固有の生を育て、花を咲かせる以外、最も見事な収穫を得る方法はない。

実に私たちは、現実のただ中に常に生きているのである。そこには限りなく善と悪との中間に位置する人生が展開するだけである。ゆえにこの瞬間に、悪の姿が見えても、私たちは絶望する必要もなく、次の瞬間に善の輝きが見えても安心することはできない。その葛藤の狭間に、私たちは育ち生きるのである。

私たちはただ目の前に存在する子供を、あるがままにいとおしむ。

母は幼児の間、常に子供を抱きしめることが自然である。やがて母は目の届く範囲で、子供を自由に放ち、しかしじっと見守り、初歩的な生きる技術とルールを教える。そこで、子供は初めて厳しい人生を味わう。やがてさらに成長すると、母は子供を意識的に離し、その子供の全人格をかけた自由な決定を承認する。

教育という川の流れの、最初の水源の清冽な一滴となり得るのは、家庭教育である。学齢期までの子供の躾《しつけ》は父母の責任と楽しみであり、小学校入学までに、既に生活の基礎的訓練を終えて社会に出すのが任務である。則《すなわ》ち、家庭においては父や母の愛と庇護とその決定権のもとに置き、団体行動に従えること、挨拶ができること、単純な善意をわきまえること、我慢することなどの基礎的訓練を終えることとし、それが不可能な子供に対しては父母だけに任せず社会の叡知を集めて外部から助けるべきである。なぜなら子供は、一軒の家庭の子供であると同時に、人類共通の希望だからである。

通常、子供は誉められることと、叱られることとの、双方に親の愛情を感じる。誉められるばかりの子供は、しばしば叱られるために悪いことをするようにさえなる。しかし叱る場合にも、親は心理的余裕と、その教育的効果を落ち着いて判断できる状態にいなければならない。

また子供は、父と母をほんとうは尊敬したいのである。ゆえに父が直面している生活の厳しさ、その成功例と不成功例は、共にたいていの子供が深く愛する話となる。父の職場を家族に見せる気運を社会に望みたい。

また家庭にある時の母は、一つの重厚な存在感として子供の心に残る。父も母も理想ではなく、人間の存在の証《あかし》として認識されれば、それで家庭教育は成功したのである。両親は、子供が最も理解しやすい、人生で最初の教師である。

個性は、学校で受け入れられる場合と拒否され理解されない場合とがあるが、それは人生のいかなる時点にもあり得る矛盾である。それゆえ理解されない苦難にいかに耐えるか、ということも、一つの学習である。もちろんそれには、別の角度から、家庭や友人などの支持が大きな助けになるのは言うまでもない。

人格のできていない人間は、本来高等教育を受ける資格がない。善悪をわきまえる感覚が、学問に常に優先して存在するべきものであろう。

そのために、私たちの先人は実に豊かな遺産を残している。日本語を駆使して、複雑な心情の表現を可能にする、読み、書き、話す技術はもっと大切にしたい。芸能・文化も古来、論理と感性の双方に火をともす手段として、また時には人間を超える観念にまで私たちの想念をかき立てることを可能にする。なぜなら、人と心を通わすことが、人間性を保ち、豊かにし、生きるに値する人生を作るのだから、そのためには、コミュニケーションの方途が必要なのである。それゆえ、テレビだけでなく古典、哲学などの読書も、必須のものとして再確認したい。

教室で道徳を教えるのに、なんでためらう必要があろうか。基本的な道徳は、普遍性、明快性、単純性を持っている。小学校においては「道徳」、中学校においては「人間科」、高校においては「人生科」として、専門の教師だけではなく、経験豊かな社会人も協力して教える。そこでは、肉体的な生と、精神的な生との双方の充足が、人間を満たすことを知らせる。また成長にしたがって人間は確実に訪れる生の完成の果てにある死を認識できるようになる。その時、自他共に生はいかに大切であり、あらゆる失敗は補塡できるが、自ら命を絶ったり、人の命を奪ったりすることだけは、取り返しのつかない行為だということを、改めて教えなければならない。

学校は個人の所有物ではない。多数が共存することは、時に喜びであり、時に苦悩である。共存は、強制と自由、規律と寛大の、苦悩の歴史を編み続ける。

ゆえに一人の子供のために、他の子供たちの多くが学校生活に危機を感じたり、厳しい嫌悪感を抱いたりするような事態にしてはならない。当然のことながら、極めて個性的な子供には、個別の配慮がなされるようにする。

教師は、改めて徳と知識の双方を有してほしい。そのために、教師自身が絶えず勉強を続けることが望まれる。生徒と保護者は、その結果として、教師に人格的権威を自然に感じるようになるのが理想である。

地域と社会は、教育にまことに冷たくはなかったか。テレビは偉大な影響を持つが、視聴率に迎合して、理想を失うことが多くなった。テレビだけを責めるのは、気の毒かもしれない。子供も大人ももっとも手近なストレス解消の手段として、テレビに依存している。

社会は子供たちに嫌われ、憎まれることを欲しなかった。社会は子供たちに迎合し続けた。しかし教育はしばしば嫌われ、憎まれることによっても、その機能を発揮するのである。社会は必要な時に子供を叱る勇気を持つべきだろう。

地球上の多くの土地で、子供も大人も生きるために働いている。働かなければ食べられないのだ。自立して生きることは人間の基本である。できるだけ早くから子供には、精神的、経済的、生活技術的独立を可能にしておかねばならない。

教育は本来、父母、当人、社会が共同して行うものであり、そのすべてが効果に責任を有する。親だけが悪いとか、社会が自分を裏切ったから自分はだめになった、などと言うのは口実に過ぎない。

自分の教育に責任があるのは、まず自分であり、最終的に自分である。

各家庭も、それぞれに個性のある教育のスローガンを持ったらどうだろうか。「人のいやがることはしない」「甘えるな」「自分を抑える力を持つ」「自分のことは自分でやる」「いじめをするな」、どのようなことでもいい。進歩を前提とすれば、スローガンは毎年変わることもあるだろう。人は変化して生きるすばらしさを持つ。

「教育の日」を制定することも考えられる。個人も家庭も学校も地域も、新鮮な思いで改めて問題点を発見するためである。地方公共団体はそれぞれの選択により毎年教育目標を定めることが可能になる。

今までの教育は、要求することに主力を置いたものであった。しかしこれからは、与えられ、与えることの双方が、個人と社会の中で温かい潮流を作ることを望みたい。個人の発見と自立は、自然に自分の周囲にいる他者への献身や奉仕を可能にし、さらにはまだ会ったことのないもっと大勢の人々の幸福を願う公的な視野にまで広がる方向性を持つ。

そのために小学校と中学校では二週間、高校では一カ月間を奉仕活動の期間として適用する。これは、既に社会に出て働いている同年代の青年たちを含めた国民すべてに適用する。そして農作業や森林の整備、高齢者介護などの人道的作業に当たらせる。指導には各業種の熟練者、青年海外協力隊員のOB、青少年活動指導者の参加を求める。これは一定の試験期間をおいてできるだけ速やかに、満一年間の奉仕期間として義務付ける。

そこで初めて青年たちは、自分を知るだろう。力と健康と忍耐する心を有していることに満足し、受けるだけではなく、与えることが可能になった大人の自分を発見する。障害者もできる範囲ですべての奉仕活動に加わるから、彼らもまた新しい世界を発見し、多くの友人を得るだろう。

私たち人間はすべて生かされて生きている。

誰があなたたちに、炊き立てのご飯を食べられるようにしてくれたか。誰があなたたちに冷えたビールを飲める体制を作ってくれたか。そして何よりも、誰が安らかな眠りや、週末の旅行を可能なものにしてくれたか。私たちは誰もが、そのことに感謝を忘れないことだ。

変化は、勇気と、時には不安や苦痛を克服して、実行しなければ得られない。

私たちは決して未来に絶望していない。

道は厳しい。しかし厳しくなかった道はどこにもなかった。だから私たちは共通の祖国を持つあなたたちに希望し続ける。

## 初出一覧

左記の作品以外は、「週刊ポスト」二〇〇六年六月九日号～二〇一四年十二月十九日号に掲載されました。

日本のリーダーの見識に思う――「文藝春秋」二〇一四年四月号
「弱者の味方」――「SAPIO」二〇一四年九月号
承服できない「〇〇権」――「CONFORT」二〇一四年夏号 No.10
靖国で会う、ということ――「靖國」二〇一六年四月一日
「醜い日本人」にならないために――「産経新聞」二〇〇七年五月五日
職人の静かな眼――「月刊石垣」二〇〇九年四月号
国を捨てる、ということ――「SAPIO」二〇一六年二月号
難民受け入れは時期尚早――「文藝春秋」二〇一五年十二月号
残りの文化――「月刊みんぱく」二〇〇八年一月号
後世に残す仕事――月刊「建設」創立70周年記念特集号 二〇一六年十二月
私たちの祖国、日本――教育改革国民会議第一分科会（人間性）の審議の報告前文 二〇〇〇年七月二十六日

**曾野綾子（その　あやこ）**

一九三一年、東京生まれ。聖心女子大学文学部英文科卒業。七九年、ローマ法王庁よりヴァチカン有功十字勲章受章。八七年、『湖水誕生』で土木学会著作賞受賞。九三年、恩賜賞・日本芸術院賞受賞。九五年、日本放送協会放送文化賞受賞。九七年、海外邦人宣教者活動援助後援会代表として吉川英治文化賞ならびに読売国際協力賞受賞。二〇〇三年、文化功労者となる。一九九五年から二〇〇五年まで日本財団会長を務める。二〇一二年、菊池寛賞受賞。著書に『無名碑』『神の汚れた手』『天上の青』『夢に殉ず』『哀歌』『晩年の美学を求めて』『アバノの再会』『老いの才覚』『人生の収穫』『人生の原則』『生きる姿勢』『酔狂に生きる』『人間にとって成熟とは何か』『人間の分際』『老境の美徳』『生身の人間』『不運を幸運に変える力』等多数。

# 靖国で会う、ということ

二〇一七年七月二〇日　初版印刷
二〇一七年七月三〇日　初版発行

著　者　曾野綾子
装　丁　坂川栄治＋鳴田小夜子（坂川事務所）
発行者　小野寺優
発行所　株式会社　河出書房新社
東京都渋谷区千駄ヶ谷二―三二―二
電話　〇三―三四〇四―一二〇一（営業）
　　　〇三―三四〇四―八六一一（編集）
http://www.kawade.co.jp/

印刷・製本　中央精版印刷株式会社

落丁本・乱丁本はお取替えいたします。
本書のコピー、スキャン、デジタル化等の無断複製は著作権法上での例外を除き禁じられています。本書を代行業者等の第三者に依頼してスキャンやデジタル化することは、いかなる場合も著作権法違反となります。

ISBN978-4-309-02588-9
Printed in Japan

河出書房新社・曾野綾子の本

## 人生の収穫

老いてこそ、人生は輝く。自分流に不器用に生き、失敗を楽しむ才覚を身につけ、老年だからこそ冒険する。独創的な老後の生き方。

## 人生の原則

人間は平等ではない。運命も公平ではない。だから人生はおもしろい。自分は自分としてしか生きられない。生き方の基本を記す38篇。

## 生きる姿勢

与えられた場所で、与えられた時間を生きる。それが人間の自由。病む時と健康な時、両方味わってこそ人生。生き方の原点を示す54篇。

## 生身の人間

私は自然体で生きてきた。それが一番楽だったからだ――。生きることは、息をのむほど面白い。老いてこそ至る自由の境地、60篇。

## 不運を幸運に変える力

人生は、何とかなる!自力で危機を脱出するための偉大なる知恵。人生を切り拓くための揺るぎなき精神、人間のあるべき姿にせまる。